"습관처럼 오늘 가고,

오늘 같은 내일 오고,

특별할 것 하나 없는

시간들이 흘러가네.

동화 같은 삶은 없어.

잠시 웃고 잠시 우는,

아주 작은 얘기들이

세상의 전부…"

_정미조 '습관처럼'

농부農夫 하는 중입니다

홍천 공작산 농부
이현삼 에세이

차
례

들어가는 글

1장 빈틈없이 행복한 두 번째 인생

5장 농부, 비누, 해피콜 라이프

습관처럼
행복하기

나는 매일 아침 6시면 어김없이 눈을 뜬다. 곧장 몸을 일으키는 대신 누운 채로 자전거 타기, 발 치기, 손발 만지기, 머리 두드리기를 40분쯤 한다. 거친 땅을 고르고 농사짓는 산山 생활에서 고장 없는 몸은 그야말로 튼튼한 기초 자산이다. 농부의 아침은 자기 몸을 잘 깨우는 일에서부터 시작한다.

침대를 벗어나면 화장실에서 정확한 시간에 볼일을 보고, 소금물로 가글을 하고, 죽염을 묻혀 양치질을 한다. 세안 후에는 따뜻한 물과 찬물을 섞어 마신다. 한 치의 오차도 없는 매일의 습관이다.

공작산의 아침 풍경은 계절마다 조금씩 달라진다. 겨울의 아침은 밤처럼 깊고, 여름의 아침은 눈부시게 환하다. 겨울에는 어둠을 걸치고 여름에는 햇살을 두르지만, 아침이면 누구 하나 빠지지 않고 함께 산에 오른다. 정해놓은 규칙은 없다. 다만 맨 먼저 집을 나서는 사람이 강아지 강이를 풀어주어야 한다. 강이도 함께 공작산에 오르는 우리 식구니까.

산등성이에 오르면 매일 같은 장소에서 각자 운동을 한다. 온몸으로 바람을 맞으며 풍욕을 하고, 복식호흡을 하고, 근육운동을 한다. 각자 운동을 마친 뒤에는 다 같이 산을 내려온다. 내려오는 길에는 웃음이 끊이지 않는다. 이른 아침 공작산의 공기로 몸을 정화한 덕분에 마음이 부드러우며 유연하고 관대해졌기 때문이다.

산을 내려온 뒤에는 다 같이 아침을 먹고 자기 나름의 시간을 보낸다. 봄·여름·가을·겨울이라고 이름 붙인 고양이들에게 먹이를 주고, 공작산의 상징인 공작새 밥도 챙긴다. 그리고 배추벌레를 잡고, 웃자란 풀을 베고, 밭을 고른다.

오후 일상도 크게 다르지 않다. 개 사료와 닭 모이를 주고, 집집마다 불을 넣는다. 온돌방에 사는 사람은 불 관리에 늘 신경을 써야 하니까. 약재를 심고, 다 자란 약재를 수확하기도 한다. 약재에서 원액을 추출해 숙성하고 건조도 한다. 비누를 만들기 위해서다. 그리고 사전 작업으로 죽염 굽는 일에 온 정성을 다한다. 이런 일들은 모두 모여서 같이 한다.

어둠이 깔리면 이제 저녁 식사 시간. 별것 아닌 음식을 앞에 놓고도 웃음과 대화가 끊이지 않는다. 운동 삼아 배드민턴을 치거나, 각자의 집으로 돌아가 책을 읽기도 하고, 소소한 대화를 나누며 밤 시간을 보낸다. TV와 인터넷은 없다. 산과 숲을 제대로 만나려면 그래야 할 것 같았다. 실제로 자연의 리듬에 빠져 살면 일체 소용없는 도구들이다. TV와 인터넷 없이도 매일매일이 소박한 축제 분위기다.

가수 정미조의 노래 '습관처럼'에 이런 가사가 있다.
"습관처럼 오늘 가고, 오늘 같은 내일 오고, 특별할 것 하나 없는 시간들이 흘러가네. 동화 같은 삶은 없어. 잠시 웃고 잠시 우는, 아주 작은 얘기들이 세상의 전부…."

딱 공작산의 일상이다.
해피콜을 매각하고 강원도 홍천 공작산의 시간에 깃들인 지 햇수로 5년째. 하나둘 합류한 형제들과 함께하는 나날은 '심심한 풍요' 그 자체다. 스물다섯 청년이던 나는 군에서 입던 전투복과 전투화를 싸 들고 무작정 서울로 올라왔다.
마치 전투를 치르듯 남대문시장에서 장사를 시작했다. 길바닥에서 장사를 배웠고, 해피콜이라는 주방용품 브랜드를 만들어 좌절과 성공을 맛보며 중년이 됐다. 그러는 동안 온몸이 만신창이가 됐는데, 하마터면 성공하고도 가난할 뻔했다. 생각해보니 그 과정을 다 겪고 이제야 비로소 꿈을 이룬 것 같다. 가족과 함께 누리는 심심한 풍요, 이

소중한 것을 가지게 됐으니 말이다.

이 책은 가끔 엇박자가 나긴 했지만, 내내 정박자로 살기 위해 온 힘을 다했던 시간의 기록이다. 감정을 표현하는 데 서툴고 투박한 성정 탓에 건조한 대목이 많지만, '행복하기'라는 삶의 방향키를 놓지 않기 위해 온몸으로 삶을 밀고 나간 사람의 나지막한 읊조림으로 이해해주면 더할 나위 없을 것 같다.

1장

빈틈없이
행복한
두 번째 인생

무밥을
먹는 시간

겨울 무밥은 그야말로 별미다. 땅에 묻어놓은 무를 꺼내 잘게 채 썰어 넣고 밥을 지으면 밥상 위를 가득 채우는 무밥 향이 둘러앉은 식구들 사이로 흘러든다.

무밥에는 주로 생들기름을 조금 떨어뜨리고 나물 몇 가지를 넣어 간장과 함께 비벼 먹는다. 여기에 배춧잎과 된장만으로 담백하고 구수하게 끓인 국 한 사발에 갓 담근 겉절이 정도만 있으면 더할 나위 없다. 시원한 동치미나 맛이 든 총각김치가 상에 올라오면 일단 품위는 살짝 밀쳐놓게 된다. 무밥을 크게 한 순갈 떠서 잘 익은 총각김치를 얹어 먹는데, 그까짓 품위 몇 알 밥상에 흘린들 무슨 대수겠는가. 배춧국 대신 된장찌개가 나오면 그날은 하루 종일 진득한 포만감에 취해 모난 구석 하나 없이 둥글고 관대한 사람이 된 듯한 기분이 든다.

"항상 덜 먹어야지 생각하는데, 매번 그게 안 되네. 너무 맛있어서 큰일이야."

밥을 다 먹은 뒤에야 밀려오는 배부른 후회다. 그런 나를 바라보는 아내의 시선에 만감이 교차한다.

어느 시인은 "밥은 하늘"이라고, "밥 먹는 일이 하늘을 몸속에 모시는 일"이라고 했다는데, 젊은 시절의 나는 허기나 간신히 달래고 얼른 일을 해야 해서 몸속이 늘 텅 비어 있었다. 가난한 유년 시절보다 더 불행한 시절을 살았던 것이다. 상황은 악화일로여서 나중에는 차려놓은 밥상을 앞에 두고도 한 숟가락도 못 삼켜 하루가 다르게 야위어갔다. 온몸이 스트레스로 가득 차 밥 먹고 소화시키는 기본 생명 활동조차 감당할 수 없게 된 것이다.

불과 몇 해 전까지만 해도 그렇게 살던 내가 이곳 공작산에 들어온 후로는 끼니를 거른 적이 없다. 신선하고 건강한 재료로 음식을 만들어 식구들과 함께 배불리 먹는 일에 게을러본 적이 없다. 이렇게 배부르고 등 따뜻한 생활을 한 지 5년이 됐다. 이제 고작 5년이라니, 이곳에 들어오기 전까지의 날들이 늘 아쉽고 아깝다는 생각이 든다.

맛있는 요리 비결은 따로 없다. 이제 기껏 5년 차인데 대대로 내려오는 레시피 같은 게 있을 리 만무하다. 나는 그저 자연에서 가져온 신선한 재료, 직접 농사지은 못생기고 투박한 재료로 만든 음식을 먹을 따름이다. 어떤 것은 완전히 자연에 의탁해 키웠고, 어떤 것은 매일의 땀과 노동으로 키웠다.

봄이면 미나리·쑥·돌나물이 제일 먼저 밥상에 오르고, 냉이·달래·머위·씀바귀가 그 뒤를 따른다. 향 짙은 봄나물이 지친 사람의 정신과 육체를 치유해준다는 걸 끼니때마다 느낀다. 여름은 옥수수와 감자의 계절이라 한 솥 삶아놓으면 그 소박한 모양새와 담백한 맛에 자꾸 손이 간다. 가을은 풍요가 흘러넘치는 계절답게 잘 익은 과일과 곡식, 버섯과 약초가 공작산에 지천이다. 방금 딴 버섯으로 끓여낸 전골은 오직 공작산에서만 맛볼 수 있는 특별한 음식이다. 밥 먹는 즐거움을 알게 된 사람은 함께 먹는 즐거움을 포기하지 못한다. 서둘러 끼니를 때워야 하는 사람의 식탁에는 없는 게 많다. 우선 마주 앉은 사람이 없다. 있다 해도 무용하고 무의미하다. 반면 직접 지은 것과 손수 거둔 것으로 차린 밥상에는 그걸 함께 먹을 사람이 필요하다. 그들의 이름이 가족이고 친구다.

나는 오랜 시간 가파른 언덕을 끝도 없이 오르던 사람이다. 또한 삶의 한 고비를 호되게 앓고 나서야 식구들이 기다리는 밥상머리로 돌아와 앉은 사람이다. 공작산은 그리 크지는 않지만 품이 넓은 산이다. 나는 그 산에 깃들여 살면서 이제야 비로소 밥맛이라는 것을 알게 된 사람이다. 좀 더 일찍 맛보지 못해 아쉽지만, 더 늦지는 않았으니 얼마나 다행인가.

오늘도 무밥 향에 흠뻑 취해 가슴을 쓸어내린다.

PEACE

19

허기, 환대하는
마음이 없는 삶

공작산으로 찾아오는 손님에게 꼭 당부하는 말이 있다. 식사 시간에 맞춰 오라고. 그래야 우리가 준비한 선물을 안겨줄 수 있으니까. 내가 준비한 선물은 다름 아닌 밥상이다. 그리고 함께 밥 먹는 시간은 손님들이 내게 전하는 선물이다.

밥을 먹으려고 둘러앉은 풍경은 언제나 아름답다. 밥 먹는 일은 몸에 영양소 몇 가지를 공급하는 일과 다르다. 밥 먹을 때 우리는 그 어떤 순간보다 더 솔직하게 자신을 무장해제시킨다. 나는 밥상에 둘러앉은 이에게 직접 채취한 산나물의 향을 권한다. 공작산의 섬세하고 진한 향기를 권하는 셈이다. 상대는 그저 반찬 하나 집어 먹는 게 아니라, 내가 일군 생활의 진심을 먹는 것이다. 밥 없이 피어나는 우정은 없으며, 밥 없이 지속되는 사랑도 없다. "밥 한번 먹자!"는 말은 얼마나 환대로 가득 찬 것인가.

나는 1960년대 중반에 태어났다. 모두가 가난한 시절이었다. 내 고향은 초등학교 5~6학년쯤에야 전기가 들어왔을 정도로 유난히 발전이 더딘 곳이었다. 우리 집은 그런 동네에서도 유독 가난한 편이었고, 배불리 먹는 친구나 이웃이 늘 부러웠다. 도시에 나가 사는 삼촌이 자동차를 운전해서 오면 그렇게 환상적이면서 멋있고 부러울 수가 없었다. 대체 저 자동차를 사려면 돈을 얼마나 벌어야 할까? 삼촌이 도시에서 사 들고 온 음식은 세상에서 제일 맛있었다. 대체 저런 멋있는 생활을 하려면 돈을 얼마나 벌어야 할까?

그때 이미 내 목표는 정해졌다.
'부자가 되자!'
장사를 할 때도 그랬고, 해피콜을 경영할 때도 그랬다. 오직 성공 하나만 보고 달렸고, 그 성공은 당연히 돈과 직결됐다. 삶의 모든 과정에서 소소하게 누려야 하는 기쁨 같은 건 손쉽게 생략해버렸다. 프라이팬을 만들기로 마음먹었으면 어떻게든 만들어야 했고, 만든 물건은 최대한 많이 팔아야 했다. 그게 제일 중요한 것이었다.

밥도 그래서 먹었다. 남보다 돈을 더 벌기 위해서, 힘내서 일을 하기 위해서. 그러니 밥상 차리는 즐거움 같은 걸 행복하게 느낄 리 없었다. 밥상에 둘러앉아 이야기꽃을 피우는 걸 멋있게 느낄 리 없었다. 제일 중요한 건 빨리 배를 채우는 것이었는데, 시간을 아껴서 일을 더 해야 부자가 되는 줄 알았으니까.

해피콜 시절의 나는 수십 개 나라를 돌아다니곤 했다. 10년 동안 거의 매일 비행기를 탔다고 해도 과언이 아니다. 그렇게 수많은 나라를 21

돌아다니는 동안 그 나라의 풍경을 제대로 구경한 적이 없고, 그 나라의 음식과 술을 즐긴 적이 없으며, 그 나라의 문화와 예술을 누린 적이 한 번도 없었다. 그럴 시간을 아껴야 프라이팬을 하나라도 더 팔 수 있었기 때문이다.

일에 정신이 팔리면 밥때는 놓치기 마련이다. 직원들이 밥 먹는 동안에도 나는 계속 일을 하고 회의를 했다. 주방이 마감한 구내식당에서 밥 달라고 할 수도 없는 노릇이라 혼자 식당을 찾아다니곤 했다. 혼자 먹는 음식 맛이 오죽했을까. 사실 식당을 찾아다니는 과정도 귀찮았다. '모든 영양소가 담긴 한 개짜리 알약이 있으면 얼마나 좋을까. 그렇다면 우리를 더 효율적인 삶으로, 더 부유한 삶으로 인도하지 않을까?' 그런 생각을 자주 하곤 했다.

밥을 거르니 건강은 점점 나빠졌다. 밥을 거른 채 스트레스가 쌓이면서 정상적인 수면을 이룰 수 없었다. 해외 출장이 잦으니 시차에 적응할 겨를도 없었다. 신체 리듬은 말 그대로 엉망진창이 됐다. 나무 한 그루도 다른 자리로 옮겨 심으면 몸살을 앓는데, 바뀐 흙의 컨디션에 적응하는 시간이 필요하기 때문이다. 몸살을 견뎌낸 나무는 잘 자라지만, 어떤 경우에는 옮겨 심었다는 이유만으로 말라 죽기도 한다. 그 시절의 나는 날마다 옮겨 심는 나무처럼 살았다. 나무가 메마르는 것처럼 하루가 다르게 몸이 시들었고, 감정이 메말라갔다. 인상이 딱 딱하게 굳었고 일에 흥미를 잃었다. 일밖에 모르고 살던 사람이 일에 흥미를 잃는다는 건 삶의 의지가 고갈되고 있다는 뜻과 같았다.

밥 먹는 기쁨을 모르는 사람의 생활이란 마음에 환대의 자리가 없는 삶이다. 그 강퍅함은 경험하지 않으면 모른다. 밥 먹는 것은 허기를 채우는 것에서 시작해 마음을 포만하게 만드는 일이다. 마음이 포만한 사람은 자기 일에도, 일 때문에 만나는 사람에 대해서도 관대해지기 마련이다. 일만 생각하는 사람은 상대의 표정엔 관심이 없다. 상대의 기쁨이나 행복, 불행이나 결핍에도 아랑곳하지 않는다. 자신을 환대하지 못하는 사람이 타인을 환대하는 마음을 가질 리 없다.
나는 그렇게 하루하루 마음이 가난해지고 있었다. 배부르게 밥 한 끼 못 먹는 사람이었고, 마음의 허기에 시달리는 사람이었다.

마음을 풍요롭게
만드는 과정들

공작산에 들어와 가장 달라진 점 하나를 꼽자면 결과 지상주의자로 살던 내가 과정의 즐거움을 알게 된 것이다. 내가 결과에 목맨 이유는 간단하다. 돈은 과정이 아니라 결과가 벌어다 주는 것이기 때문이다. 내가 일하는 과정에 기쁨을 느끼는 사람이었다면 돈은 덜 벌어도 훨씬 더 행복한 삶을 살지 않았을까.

공작산에 들어온 후 나는 이전과는 완전히 다른 방식으로 밥을 먹는다. 밥상에 올라오는 것 대부분은 나와 우리 식구들의 손길을 거친 것이다. 직접 배추와 무를 심고, 잘 자라는지 날마다 들여다보며 정성을 쏟은 것들이다. 그 과정을 지켜보는 하루하루가 새롭다. 해준 것 하나 없는데 쑥쑥 자라는 것 같은 기분이 드는 날이면 자연의 섭리에 감동한다. 하루 종일 허리를 굽혀 밭일을 한 덕분에 쑥쑥 자라는 것 같은 기분이 드는 날은 나의 땀 흘린 노동이 대견해 뿌듯하다. 밥상에 고추가 올라오면 고추 모종을 심고 지주를 세우던 일이 떠오른다. 가지가 올라오면 햇볕을 잘 받으라고 잎을 골라내던 순간과 가지 열매에 햇살이 부서지던 풍경이 생생하게 떠오른다. 오이가 올라

24

오면 덩굴손이 구불구불 휘던 모습을 바라보며 얼른 자라라고 응원하던 순간이 생각난다. "농사짓는 일이 자식 키우는 일 같다"는 말을 이제는 십분 이해한다.

해피콜이라는 열매는 누가 봐도 크고 탱글탱글했다. 나는 주렁주렁 맺힌 결실에만 관심이 있었으며, 내일을 위해 기꺼이 오늘을 희생했다. 그게 옳다고 믿었다. 참 바보 같은 날들이 아닐 수 없었다. 세상의 많은 일이 '과정'을 통해야만 의미가 생긴다. 이를테면 연애가 그렇다. 마음에 드는 상대와 데이트 한 번 하려고 애쓰는 과정이란 얼마나 황홀한가. 첫 데이트를 기다리기까지 가슴이 벅차오르는 기분 또한 어떤가. 첫 데이트 후 다음 약속까지는 또 얼마나 설레는 시간을 보내는가. 그런 순간은 분 단위, 초 단위로 생생하게 기억나는 법이다. 과정 없이 이뤄지는 사랑은 없다. 그렇게 설레는 순간들이 있어서 갈등이 생겨도 함께 이겨낼 수 있는 것이다.

요즘 나는 밥을 먹을 때마다 연애하는 기분이 든다. 내가 이런 즐거움을 싹 무시하고 한 알의 알약 따위를 떠올리며 살았구나, 맛도 멋도 모르고 살았구나… 날마다 반성하는 중이다.

맛의
과정

산에 들어오면서 가장 먼저 바꾼 건 식습관이다. 우선 아침엔 삶은 채소와 토마토에 과일을 섞어 갈아 만든 해독 주스, 상추 토마토소스 샐러드, 달걀, 두부만으로 상을 차렸다. 점심이나 저녁도 채소 위주로 부드럽게 먹는 데 신경을 썼다. 그렇게 반년쯤 지나자 변화가 느껴졌다. 혀가 느끼는 맛이 많아졌다고 할까. 아기의 혀를 갖게 된 듯한 기분, 입이 정화된 기분이었다. 미각이 섬세하게 열리면서 하루가 다르게 건강을 회복하는 느낌이 들었다.

아는 만큼 보인다고 했던가. 여러 가지 식재료 본연의 맛을 알게 되면서 맛있게 먹는 방법도 자연스럽게 터득했다. 쌉싸름한 채소의 본래 맛을 알게 됐고, 과일의 당도를 미세하게 느끼게 됐다. 물론 문제가 없는 건 아니었다. 아이스크림 맛을 알아버린 것이다. 단맛의 차이를 종류별로 구별하게 되면서 외출만 하면 아이스크림 가게를 그냥 지나칠 수 없었다. 아기 혀처럼 순하고 맑아진 탓에 달콤한 게 입안에 들어오면 유혹을 뿌리치지 못하고 쉽게 허물어졌다. 아기들이 과자나 아이스크림을 사달라고 떼쓰는 이유를 이해하게 됐다. 입이 원하는 대로 먹기 시작하니 배부른 날이 늘었고, 그게 결국 독이 되어 돌아왔다. 속이 다시 안 좋아진 것이다. 혼자만 그런 게 아니라 형제들 모두가 그랬다.

몸은 시차를 겪는다. 오늘 어떻게 살았나 하는 질문에 우리 몸은 반년쯤 뒤 답을 한다. 오늘의 시행착오가 내일 당장 우리 몸에 드러나진 않지만 훗날의 결과까지 숨길 순 없다. 잘 먹고 잘 자는 매일의 일에 결코 소홀해선 안 되는 이유다. 사는 일이 모두 마찬가지다. 몸에서 그냥 일어나는 일이 없듯, 삶에서도 그냥 벌어지는 일은 없다.

사람을 살리는
산삼의 온도

　　해피콜은 탄탄대로를 달렸지만 내 몸은 망가져 몰골이 말이 아닌 때가 있었다. 잠을 잘 수도, 밥을 먹을 수도 없었다. 다녀보지 않은 병원이 없고, 해보지 않은 검사가 없지만 아무 소용 없었다. 가족들 걱정도 이만저만이 아니었다. 막냇동생의 장인, 그러니까 내게는 사돈어른까지 나섰다. 강원도 어디 어디 공작산에 산삼 캐는 유명한 심마니가 있으니 같이 가보자고 했다. 지푸라기라도 잡는 심정으로 차를 몰고 강원도로 갔다. 산길을 굽이굽이 돌아 작은 황토 집에서 만난 심마니는 내 아픈 사정을 듣고도 별다른 대꾸가 없었다.

"아직 젊은 사람이 딱하구먼."

그게 다였다.

무겁게 가라앉은 침묵을 깨고 그가 한마디 더 보탰다.

"이 산삼 한 뿌리 드셔보시오. 괜찮으면 다음에 제대로 된 삼을 구할 경우 연락하리다."

심마니의 세계를 조금이라도 아는 사람은 그날 얘기를 들으면 다들 깜짝 놀란다. 심마니는 돈을 받기 전에 삼을 먼저 내주는 법이 없기 때문이다. 삼에는 정해진 가격이 없다. 산삼은 발견하는 것이지 기르는 것이 아니기 때문이다. 일반인은 그게 몇 년산인지 알 수도 없다. 그런데도 그 심마니는 돈도 안 받고 산삼부터 건넨 것이다. 이유는 딱 하나였다. 한창 나이에 몰골이 너무 딱해 보였다는 것. 심마니의 불문율까지 깨뜨릴 정도로 내 모습은 엉망이었다.

그게 첫 인연이었다. 하루는 심마니에게서 먼저 연락이 왔다. 좋은 삼을 구했는데, 내게 잘 맞을 거라며 가져가라고 했다. 모든 삼에는 제 주인이 있는 법이라는 말과 함께. 심마니가 항상 좋은 삼만 만나는 건 아닐 터였다. 좋은 삼은 1년에 한 번 만날까 말까 한다는 얘기도 귀동냥으로 들었다. 그런데 내게 꼭 맞는 좋은 삼을 찾았다고 전화까지 해주니 무조건 먹어야겠구나 싶었다.
심마니가 말하길, "삼은 먹는 것도 중요하지만, 삼을 먹을 수 있게 몸을 만드는 일이 우선이다"라고 했다. 하루 이틀은 속을 비워야 했다. 속을 깨끗하게 한 다음 온몸으로 삼을 흡수해야 하는 것이다. 나는 그 과정을 핑계 삼기로 했다. 물 맑고 공기 좋은 곳에서 며칠 묵으며 삼을 먹기로 한 것이다.

그 시절 나는 2년 넘게 신경정신과에 다니고 있었다. 신경안정제와 수면제를 먹고, 위장약도 먹었다. 귀에서는 자주 이명이 들렸고, 늘

불안한 마음에 신경까지 예민해 음식을 소화하기도 어려웠다. 잠도 제대로 잘 수 없어 온종일 신경이 곤두서고 매사에 날카로웠다.

나는 심마니가 시키는 대로 했다. 밥을 며칠 굶었고, 먹던 약도 끊었다. 그렇게 속을 텅 비우고 산삼을 받아들일 준비를 했다. 아픈 사람은 체온조절 기능을 잃곤 하는데, 내 몸은 극단적 상태였다. 추위 때문에 차창을 내려본 일이 없고, 땀을 줄줄 흘리면서도 에어컨을 틀 수 없었다. 약을 먹는다고 딱히 효과가 있는 건 아니었지만, 끊는 일역시 두려웠고 각오가 필요했다. 그때 내가 믿고 기댈 곳이라곤 심마니의 마음뿐이었다. 딱한 사람에게 좋은 산삼 한 뿌리 먹이고 싶다는 긍휼한 마음.

첫 번째 건네받은 산삼을 먹을 때도 그랬고, 그다음 번 산삼도 그랬는데, 제일 먼저 반응한 건 체온이었다. 사람이라면 누구나 당연하게 누리는 일상의 온도를 오랫동안 잃고 살았는데, 극단을 오가던 내 몸의 온도가 진정되는 기분이 들었다. 사람이 어떤 온도에서 살아가는지, 바쁘고 아프기 전의 내가 어떤 온도에서 살아왔는지 온도에 대한 기억을 회복하는 것 같았다.

사람을 살리는
구들의 온도

그날의 만남, 그리고 만남 후에 벌어진 모든 일이 내겐 '산삼들'이었다. 공작산에 머무는 동안 아내와 나는 심마니의 황토 방에서 지냈다. 황토 방은 참 신기했다. 얼핏 네모 같지만, 자세히 보면 어느 한 곳 제대로 각 잡힌 모서리가 없었다. 나무로 기둥과 보를 세우고, 해초를 향토에 짓이겨 바람벽에 휘휘 발라 만든 방이었다. 한눈에도 어수룩해 보였다. 하지만 방을 메우고 있는 공기의 결만큼은 달랐다. 그 방에서 꼭 하룻밤을 묵고 싶었다.

절절 끓는 황토 방 아랫목에 낡고 두꺼운 요를 깔고 그 위에 누웠다. 수면제를 꺼냈다가 도로 가방 안에 넣었다. 어차피 약을 먹어도 제대로 잠들지 못할 터였다. 그러느니 맨정신으로 이 방의 모든 것을 느끼는 편이 낫겠다 싶었다. 그 무렵 내 소원은 딱 하루만이라도 중간에 깨지 않고 통잠을 자는 것이었다. 수면이 주는 휴식은 내겐 너무나 먼 이야기였다.

온돌은 신기함을 넘어 신비로웠다. 수면제를 먹지 않겠다고 객기를 부린 것도 온돌 때문이었을까. 굳었던 근육과 관절 곳곳으로 방 안의

31

훈훈한 공기가 파고들었다. 몸이 이완되고 정신이 맑아졌으며, 점점 기분 좋은 편안함에 취했다. 그러자 눈꺼풀이 사르르 내려왔다.

산비둘기였을까 콩새였을까, 눈을 떴을 때 처음 내 귀에 찾아든 건 새소리였다. 시간을 가늠해보니 5시간 남짓 흐른 뒤였다.

"당신 괜찮아요?"

수면제도 없이 자리에 누웠던 내게 아내가 조심스레 물었다.

"음, 괜찮아. 모처럼 잘 잔 것 같아."

내 대답엔 자신감이 묻어 있었다. 근거 있는 자신감이었다. 내 몸이 느낀, 완전히 새로운 감각에서 비롯된 자신감.

'여기서라면 왠지 나을 수 있을 것 같다!'

여러 해 만에 처음 느껴보는 기분이었다. 어제의 몸과 완전히 달랐다. 살짝 땀이 나면서 개운했는데, 온기가 몸 전체로 퍼진 것 같았다. 따뜻한 피가 굳어 있는 신경 하나하나를 살려낸 것 같았고, 긴장한 위장을 포근하게 어루만지는 것 같았다. 이러한 따뜻함을 경험하게 되니 그것이 주는 안온하고 평온한 느낌을 온몸으로 받아들일 수 있었다.

나는 구들 예찬론자가 됐다. '구운 돌'이라는 뜻이 담긴 구들은 온돌의 순우리말이다. 옥스퍼드 영어사전에도 'Ondol'이라고 실려 있는 유일무이한 우리 고유의 난방 방식이다. 그 온기가 병을 낫게 하고, 사람을 살게 한다.

체온을 조절하는 기능이 망가진 몸은 허깨비 같다. 나는 허깨비 같은 몸으로 아플 시간마저 아껴가며 일을 해야 했다. 서울에서 부산으로, 부산에서 태국으로, 태국에서 필리핀으로, 지구 반대편 브라질, 두바이, 캐나다 등 안 다닌 곳이 없었다. 사업가로서 아무것도 잃기 싫던 시간이었다. 정작 체온을 잃는 줄도 모르고 말이다.

황토 집에서 머무는 동안 나는 한여름에도 열심히 불을 땠다. 장작불은 꺼져가는 생명에 불을 붙였고, 몸 안에 붉은 피가 돌게 했다. 사람은 구운 돌 위에서 새로 태어나기도 하는 법, 내가 그 주인공이었다. 그날 나는 아내와 함께 상쾌한 기분으로 아침 산책을 겸해 등산에 나섰다. 먼 곳까지 오래 걸었고, 내내 손을 잡고 있었다. 사람을 살리는 온기를 잃기 싫었기 때문이다.

그의
공작산

　　나는 심마니를 선생님이라고 불렀다. 내가 선생님에게서 받은 건 산삼만이 아니었다. 산삼만으로도 더없이 귀한데, 선생님은 내게 삼도 주고 삶도 주었다.

공작산에는 머루와 다래가 초롱초롱 많이도 열린다. 선생님이 관리를 잘한 덕분에 깨끗하고 보기 좋게 열린 열매들이다. 선생님은 열매가 다 익어도 도통 따는 일에는 관심이 없었다. 열매들이 좋다고 말하면 기꺼이 다 따가라고만 했다. 부산과 홍천을 오가는 동안 나는 틈만 나면 그걸 따다가 효소를 만들었다. 그렇게 만든 효소를 땅에 묻어두면 얼마나 맛있던지 먹을 때마다 감탄을 연발하곤 했다.

　　이제 선생님이 없는 공작산을 내가 지키고 있다. 그리고 선생님이 그랬던 것처럼 초롱초롱 열린 열매들을 따지 않는다. 그걸 따서 효소를 만드는 즐거움도 크지만, 탐스럽게 열린 열매를 바라보는 일이 몇 배 더 즐겁고 행복하기 때문이다. 땅에 뿌리를 내린 것들이 하늘 아래 열리면서 어떤 날은 햇살을 받아 해사하게 웃고, 어떤 날은 빗방울을 머금은 채 반짝인다. 날마다 다른 풍경으로 눈에, 그리고 마음에 맺

힌다. 지금은 열매를 한 개씩 따서 맛만 본다. 그것으로 충분하다. 선생님은 내게 삼을 주고 자연을 안겨준 것이다.

내가 몸이 안 좋다는 소식을 들으면 선생님은 공작산을 둘러메고 부산까지 왔다. 공작산에서 자란 무, 공작산에서 자란 나물, 공작산에서 자란 열매 등을 짊어지고 왔다. 심지어 공작산의 물까지 싣고 왔다. 그리고 이렇게 말씀하셨다. "물을 많이 마셔라. 물이 제일 중요하다."
나는 돈으로 환산할 수 없는 가치를 넙죽넙죽 받아먹으며 살아났고, 지금은 그곳에서 살아간다. 좀 더 정확히 말하면, 선생님 흉내를 내면서 살아간다. 하나라도 더 좋은 걸 먹이려던 마음을 이어받아 공작산을 끓이고 데치고 무치고 비벼서 사람들에게 먹이려는 중이다.

황토 집을 짓던 시절, 공작산에는 시멘트가 없었다. 선생님은 황토 벽돌을 직접 찍어냈고, 나무도 직접 깎았으며, 돌 하나하나를 손수 쌓았다. 집 짓는 과정에서 어느 것 하나 억지를 쓰지 않았다. 덕분에 선생님의 집은, 삶은 공작산이라는 자연과 제대로 어우러졌다. 공작산에 감도는 신선한 공기, 깨끗한 물, 청량한 비… 이런 것들이야말로 산삼 이상의 산삼이다. 나는 그 모든 걸 선생님이 떠나신 후 이곳에 살면서 온몸으로, 온 삶으로 깨닫고 있다. 아주 절절하게!
이곳은 그의 공작산이다. 심마니 최종환 선생님의 공작산.

나의
공작산

공작산은 강원도 홍천군 동면 노천리에 위치한다. 크지 않지만 그렇다고 만만한 산도 아니다. 골짜기가 깊고 기암절벽 봉우리들이 겹겹이 솟아 마치 하늘에 닿을 것만 같다. 그 모습이 공작새 같다고 하여 이런 이름이 붙었다. 분지 지형의 모든 이점이 이곳에 있다. 공작새 날개처럼 펼쳐진 절벽이 매서운 바람을 막아주기 때문에 한겨울 기온은 낮아도 공기는 온화하다. 여름에는 산 아래로 바람이 내려와 무척 시원하다. 흙과 공기도 좋지만 가장 좋은 것은 물이다. 시원하고 깨끗한 물맛이 그렇게 맛있을 수 없다. 약수는 1년 내내 마르는 법이 없다. 옹달샘에는 빨갛게 물든 단풍잎이 떠 있고, 푸른 이끼가 융단처럼 깔려 있다. 우거진 숲으로 들어가면 기척도 없이 더덕, 도라지, 산삼 등이 자라고 있다.

한동안 나는 두 집 살림을 했다. 사업을 한순간에 정리할 수 없어 공작산을 오가며 살았다. 공작산에는 주로 잠을 청하러 왔다. 단 몇 시간이라도 눈을 붙이려고 늦은 시간에도 공작산까지 차를 몰고 왔다. 사람들은 멀리까지 운전하고 갈 시간이면 집에서 편히 쉬는 게 낫지

37

않냐고 했지만, 도시에서는 편한 잠을 잘 수가 없었다. 공작산 황토 방에 누울 때만 제대로 숙면을 취할 수 있었다. 나는 살기 위해 기꺼이 공작산을 찾은 것이다.

공작산에서 살기로 결심한 날의 풍경을 아직도 잊을 수가 없다. 그날은 비가 왔다. 여름비답게 요란하게 쏟아졌다. 나는 비가 온다고 감상에 젖는 사람이 아니었다. 비가 오면 장사하는 사람은 본능적으로 물건이 덜 팔릴까 걱정부터 한다. 도시 사람은 대부분 비슷하다. 차가 막혀서 짜증 나고, 옷이나 신발이 젖어서 하루 종일 불쾌해한다. 나는 그런 사람들의 맨 앞줄에 서 있었다.

황토 집 처마 아래 앉아 비를 피하고 있는데, 기분이 이상했다. 젖은 곳 하나 없는데 비가 온몸을 상쾌하게 적시는 느낌… 아니, 완전히 씻어놓은 느낌이 들었다. 비 오는 날 이런 정취에 취해본 게 처음이었다. 비현실적이었다. 세상에, 이렇게 묘한 기분이 들다니!
사방은 짙푸른 녹색이었고, 비는 그칠 기미가 보이지 않았다. 나무 이파리 하나하나가 투명하게 흔들렸으며, 산 전체가 비에 젖고 있었다. 이런 풍경을 황홀경이라고 하던가. 정신이 아찔했다. 이대로 시간이 멈추어도 좋겠다는 생각마저 들었다. 비 내리는 공작산과 그 풍경에 취한 나만 이 세상에 존재하는 기분이었다. 그날의 빗소리, 냄새,

청량한 공기…. 나는 이 모든 감각을 온몸에 새기고 싶었다. 마음속 응어리까지 깨끗하게 사라지는 것 같았다.

'나는 이제 공작산에서 살아야겠구나!'
나의 공작산이 되는 순간이었다.

관계 우선의
시간

 '마케팅 전략의 바이블'로 일컫는《관계 우선의 법칙》은 세계적 비즈니스 전략가 빌 비숍Bill Bishop이 쓴 책이다. 그가 이 책에서 꼽는 절대적 원칙은 '관계'다. 사업을 계획할 때는 제품이나 서비스보다 고객을 중심에 둬야 하며, 고객 중심의 전략적 사고를 하라고 권한다. 나는 그가 무슨 말을 하는지 정확히 이해하고 완벽하게 동의한다. 어떤 비즈니스든 어떤 마케팅이든 사람 없이는 이루어지지 않는다. 해피콜의 많은 제품을 만들면서 나는 언제나 고객에게 거의 빙의한 수준으로 일했다. 고객 만족도가 곧 제품의 완성도라는 사실을 단 한순간도 잊은 적이 없다.

 문제는 해피콜 바깥에서는 그런 머리가 안 돌아간다는 거였다. 누군가가 나에게 읽힐 요량으로 기업과 가족 경영에 대한 책을 써주었다면 좀 달랐을까? 아니다, 다른 사람을 탓할 문제가 아니다. 나는 가족은 으레 항상 같은 자리에 있는 사람들이라고 생각했다. 가족과 행복하게 살겠다는 생각에 부자가 되고 싶었으나, 정작 그들과 행복한 시간을 누리는 건 자꾸 내일로 미뤘다. 그래도 되는 줄 알았다. 아이들은 아이들만의 속도로 자라고 있는데, 그걸 알아차리지 못했다. 아내와 아이들, 부모와 형제들을 돌아볼 시간이 늘 없었다. 대신 핑계는 있었다.

'나는 지금 나를 돌볼 시간도 아까운 사람이잖아!'

하지만 건강을 잃은 순간, 무엇보다 가족들 때문에 마음이 아팠다. 그들은 쇠약해진 나를 회복시키겠다고 노심초사하면서 사방팔방으로 동동거렸다. 점차 건강을 회복하던 나는 이렇게 다짐했다.

'가족들에게 후회를 남기지 말자!'

하지만 다짐과 달리 '가족들과의 관계 우선'에서는 마땅한 '영업 전략'이 떠오르지 않았다. 그러다 특기를 살려보기로 했다. 휴일만 되면 아내와 아들딸을 데리고 무작정 차를 몰고 나갔다. 산으로 들로 돌아다니는, 행선지가 없는 여행이었다. 준비물은 냄비와 쌀, 휴대용 가스레인지 정도. 무작정 국도를 달리다 백사장이 보이면 차를 세우고 공놀이를 했고, 학교 운동장에서는 달리기를 하거나 술래잡기를 했다.

얼굴 한 번 보기 힘들던 아빠가 어느 날 갑자기 가족과 이것저것 하는 게 많아지면 아이들은 감동보다는 한 발짝 물러서기 십상이다. 우리 아이들도 마찬가지였다. 공놀이를 하자고 치대고, 술래잡기를 하자고 귀찮게 구는 아빠에게 별 반응이 없었다. 유치하다고 피하기만 했다. 맞다, 더 일찍 해야 할 일들이었다. 하지만 나는 섭섭하지 않았 41

고, 포기하지도 않았다. 끈질기게 구애했다. 아이들은 결국 어이없는 웃음을 터뜨렸고, 마침내 못 이기는 척 아빠와 놀아주었다.

건강을 잃었다 되찾고, 관계를 잃었다 회복하는 과정에서 나는 가장 중요한 것을 배웠다. 세상 어디에도 당연한 일은 없고, 한결같이 기다려주기만 하는 사람도 없다는 것. 더군다나 그것이 '나중에 행복하자'는 일방적인 요구일 때는 더욱 그렇다. 우리의 모든 관계는 가장 먼저 보장해주어야 할 게 있다. '지금 행복할 것!'

옛 어른들이 하는 얘기가 있다.

"논에 심은 벼는 사람 발자국 소리를 듣고 자란다."

농부들이 바쁜 건 바로 그 '발자국' 때문이다. 피를 뽑고 벼멸구 같은 벌레의 해를 입지 않게 살펴야 하며, 무엇보다 부지런히 논에 물을 대주어야 한다. 어느 것 하나 소홀한 하루를 보내서는 결실을 맺을 수 없다. 결과를 수확하는 일은 과정을 보상받는 일이다. 농부의 발자국 없이 이룰 수 있는 일이 농사에는 없다. 어제 게을렀다면 오늘과 내일은 더 바삐 움직여야 하고, 오늘과 내일 더 자주 허리를 굽혀 살펴야 한다. 게으른 어제는 그냥 생략되지 않는다.

가족이라고 다를 게 없다. 산골 농부가 되어보니 그 말이 무슨 의미인지 잘 알겠다. 땅에 심은 것들을 들여다보는 마음으로 가족들의 표정을 살피고, 어제와 다른 처진 어깨를 토닥여주며, 아침과 다른 저녁의 눈빛을 마음에 새기는 일이 필요하다. 그런 하루하루가 가족의 행복을 완성하는 데 꼭 필요하다.

응원하는 손길과 근심하는 발걸음, 그런 배려가 없이 살 수 있는 생명은 없다. 어떤 작물도, 어떤 사람도, 어떤 관계도 그렇게 자라지는 않는다.

1장 · 빈틈없이 행복한 두 번째 인생

늦바람과
삶의 질

일생 취미와는 담쌓고 살 줄 알았던 무색무취한 나는 늦바람이 들었다. 신선놀음에 도끼 자루 썩는 줄 모르듯 하루도 빼놓지 않는 새 취미 생활은 '노는 것'이다. 그냥 노는 게 아니라 웃고 떠들면서 놀기. 듣는 사람 열이면 열 모두 싱겁다는 반응이지만, 누구와도 무엇과도 바꾸고 싶지 않은 취미다. 꼭 폼 나고 거창해야만 취미인가. 국어사전에도 "즐거움을 얻기 위해 좋아하는 일을 지속하는 것"이라고 소박하게 적혀 있던데.

늦취미를 즐기는 건 '어떻게 하면 죽을 때 후회하지 않을까'라는 생각 때문이었다. 후회를 피할 수 없다면 "이 정도면 괜찮은 삶이었어"라고 말하고 싶었기 때문이다. 그런 취미 생활의 하이라이트는 매년 빼놓지 않고 진행하는 김장 축제와 가족 운동회다.

산골 가족 공동체에서 김장은 한 해의 가장 중요한 행사다. 모두 모여 배추를 산처럼 쌓아놓고 김치를 담근다. 아마 1000포기는 훨씬 넘는 것 같다. 다 같이 음식을 만들어 먹는 날이니만큼 김장을 담그고 수육을 해 먹고, 각자의 몫을 나눈다. 다음 날이면 누구랄 것 없이 온

몸이 욱씬거린다. 그러면 또 서로의 안부를 걱정하느라 함께 모여 웃음꽃을 피운다.

가족 운동회는 총 34명에 한 명의 열외도 없는 또 하나의 행사다. 운동회에는 단 하나의 룰만 존재한다. 아침부터 늦은 밤까지 쉬지 않고 웃고 떠들기. 프로그램은 가족 구성원 모두가 함께 준비한다. 발야구, 축구, 줄다리기, 오엑스 게임, 닭싸움, 가족 대항 릴레이, 부부 풍선 터뜨리기, 자매 풍선 터뜨리기, 판 뒤집기, 과자 따 먹기, 계주 등 익숙하고 낯선 종목이 쉼없이 이어진다. 저녁에는 개인 또는 조를 이뤄 준비한 장기 자랑과 180개의 경품 추첨을 진행한다. 운동회의 모든 과정은 각자의 카메라에 추억으로 저장된다.

매해 느끼지만, 가족은 정말 힘이 세다. 함께 모여 웃으면 행복이 배가되는 게 아니라 무한으로 증폭하는 기분이다. 고난이라 여기던 어려움들은 단숨에 희석된다. 이 정도면 썩 괜찮은 삶이 아닌가.

무엇이든
살게 하는 곳

수박은 우리 식구가 가장 좋아하는 과일이다. 어느 해 여름, 수박 한 통을 해치우곤 무심하게 수박씨를 툭 뱉었다. 수박씨는 물이 살짝 고인 깨진 독 조각 위에 떨어졌다. 얼마 후 신기한 일이 생겼다. 수박씨가 떨어진 자리에서 콩나물처럼 작은 싹이 돋아난 것이다. 딸아이는 이런 경험이 처음이었다. 딸아이만 처음이었겠는가. 우리 모두 생명이 조심스레 얼굴을 내민 현장에서 작은 탄성을 내질렀다. 우리는 어린싹을 앞마당 작은 화단에 옮겨 심었다.

그러던 어느 날, 딸아이가 호들갑을 떨며 나를 화단으로 이끌었다.
"아빠, 이것 봐요. 까먹고 물도 안 줬는데, 대박이죠?"
콩나물 같던 조그만 싹이 제법 크게 자라서 넝쿨이 생기고 커다란 잎사귀가 나더니 수박이 열려 있었다. 생명이 얼마나 신기한 것인지, 그것을 품어주는 자연의 힘이 얼마나 위대한 것인지 딸아이와 나는 눈으로 직접 확인했다. 우리의 공작산은 무엇이든 살게 하는 곳이었다.

좌우명,
해피콜

누군가 인생의 좌우명을 물으면 나는
일초도 망설이지 않고 답할 수 있다.

"행복."

욕심부리는 법 없고, 지루할 틈 없이
재미있으며, 티 하나 없이 환하게
웃는 것.

나는 '누가 더 행복하게 사느냐' 내기를
하는 과정이 인생이라고 생각한다.
그러니 전 재산을 걸고 내기를 해도
괜찮을 만큼 행복해야 한다.

운명처럼
결국 이곳으로

심마니 최 선생님이 공작산과 더불어 사는 모습은 감동을 넘어 존경스러웠다. 내가 공작산과 조금이라도 비슷한 곳을 찾아 여러 해 동안 헤매고 다닌 이유다. 강원도 양구, 경북 영주, 경남 밀양·김해에 이르기까지 어림잡아 5년 이상을 찾아다녔다. 최 선생님이 돌아가시고 3년이 지났을 무렵, 선생님의 가족으로부터 연락을 받았다. 공작산을 맡아주면 어떻겠냐는 제안이었다. 고민하고 말고 할 이유가 없었다.

하지만 닮은 곳을 찾아 헤맬 정도로 좋아하던 곳에 정작 살려고 들어갔을 땐 모든 게 새삼스러웠다. 흙 한 줌, 나무 한 그루조차 예사롭지 않았다. 흙은 더욱 기름져 보였고, 햇살 아래 빛나는 나무 열매들은 더욱 윤기가 있어 보였다.

일단 공작산으로 가족과 형제들을 모두 불러들이기로 했다. 백번 생각해도 선뜻 받아들이기 힘든 제안이었을 것이다. 제각각 가족과 일상이 있는 상황에서 얼마나 고민이 됐을까. 그런데도 누구 하나 반대하지 않았다.

형제들에게 공작산을 권할 때 내게는 자신감이 있었다. 공작산이 엄청난 치유의 공간이라는 명백한 증거, 바로 내 몸이 그 증거였다. 산골의 가난을 함께 경험한 형제들 역시 도시 삶에서 상처가 없을 리 없었다. 나는 형제들과 함께 치유하고 싶었다.

나와 마찬가지로 형제들 역시 멋진 음악을 접할 기회가 없이 살았다. 생계를 위한 삶 말고 여유를 즐기는 삶을 챙기지 못하고 살았다. 하지만 지금은 다르다. 저녁이면 함께 모여앉아 듣는 장작 타는 소리는 그 어떤 음악 소리보다 아름답게 느껴진다. 우리는 날마다 다른 이유로 자연의 아름다움을 느끼고, 다른 이유로 웃고, 다른 이유로 따뜻해한다. 어느 날은 바람이 좋고, 어느 날은 빗소리가 좋다.

시간을 되돌려 다시 한번 선택의 순간이 와도 나는 도시를 버릴 자신이 있다. 자연과 사람 사이의 따뜻한 교감이 있는 곳, 사람과 사람 사이의 온화한 교감이 있는 곳으로 삶의 행로를 틀 자신이 있다. 그리고 이번 삶은 공작산이다. 그 모든 인연을 생각한다면 이것은 그야말로 운명이다.

2장

장돌뱅이의
쇼

토스트 팬과
운명

1989년 10월, 스물다섯 살의 나는 무작정 서울로 올라왔다. 짐은 고작해야 군대에서 입던 전투복과 전투화, 속옷 몇 벌. 그건 맨몸으로 세상과 맞서겠다는 증거였다. 다른 생각을 할 여유가 전혀 없었다. 전투복과 전투화 차림으로 맨몸을 무기 삼아 세상과의 싸움에 나선 일개 병사는 이 싸움에서 이기기 전에는 죽어도 고향에 돌아가지 않겠다는 각오를 비장하게 마음에 새겼다.

"남아입지男兒立志하여 출향관出鄕關이니 학약불성學若不成이면 사불환死不還이라."

우정도 사치 같아 친구들 연락처는 다 찢어버렸다. 믿을 거라곤 건장한 육체가 전부였으니 일단 막일에 뛰어들었다. 꼭두새벽이면 인력사무소 앞에 줄을 섰다. 두 달 넘게 막노동을 해서 돈을 벌었다. 그 돈을 손에 쥐고 생각했다.

'이 돈으로 배를 탈까, 탄광으로 갈까, 아니면 사우디에 갈까?'

더 많이 벌 수만 있다면 세상 끝까지라도 갈 작정이었다. 이런 각오가 하늘에 닿은 걸까, 운 좋게도 가까운 곳에 동아줄 하나가 보였다. 우연히 남대문시장을 지나던 길에 노점 하나가 눈에 띄었는데, 빵을 구울 때 쓰는 작은 토스트 팬을 팔고 있었다. 일본 제품을 카피한 팬이었다. 지켜보는 동안에만 1만 원짜리 팬 100개 이상이 팔려나갔다. 당시 내 한 달 월급은 30만 원이었다. 팬 하나 팔아 1000원을 남긴다고 가정할 경우 하루 10만 원, 한 달이면 300만 원이었다!

'그래, 저거다! 저걸 해야겠다!'

지금 생각해봐도 토스트 팬과의 만남은 운명적이었는데, 셈법은 단순하기 짝이 없었다. 어디서 어떻게 팔겠다는 생각도 미처 하지 못한 터였다. 나는 그저 결심했으니 곧장 실행해야 했다.

다음 날 아침 일찍 남대문시장 토스트 팬 가게로 무작정 쳐들어갔다.

"사장님, 장사를 배우고 싶습니다. 가르쳐주세요!"

장돌뱅이의
탄생

　　　　　　남대문 지하상가에서 토스트 팬을 팔겠다고 대뜸 장사부터 가르쳐달라고 들이댄 나는 젊었고, 잃을 게 없었다. 무모했고 용감했다. 일면식도 없던 가게 주인 입장에서는 어이없고 황당했을 것이다. 그는 나를 거절했다.

예상한 바였다. 그러니 포기하지 않았고, 물러나지 않았다. 하루 종일 가게에서 버틸 작정이었다. 사장님이 장사를 어떻게 하는지 두 눈 똑바로 뜨고 바라보았다. 지금 생각하면 민폐도 그런 민폐가 없었다. 아무 짓도 하지 않고 가만히 앉아만 있다 한들 얼마나 성가신 존재였을까. 그런데 사장님도 참 대단한 양반인 게 나를 내쫓지 않았다. 좁은 가게에 버티고 있는 내가 안쓰러웠는지, 아니면 우는 아이 떡 하나 주는 심정이었는지, 드디어 사장님이 입을 열었다.

"여기서 이러고 있지 말고 신설동으로 가. 거기 사무실이 도매상들 드나드는 데야. 거기 가서 알아봐."

그저 사무실 위치만 알려준 셈인데, 그 순간 나는 보물도 찾고 왕좌에도 앉은 기분이었다.

　"감사합니다, 사장님!"

"가서 짱구 사장 찾아. 그 사람이 제일 큰 도매상이야."

중요한 정보까지 접수했으니, 날아가듯 신설동으로 향했다. 하지만 잔뜩 부풀었던 기대는 한순간에 쪼그라들었다. 짱구 사장님도 나를 보자마자 퇴짜를 놓았다. 지독한 경상도 사투리를 쓰는 촌뜨기 출신에 덥수룩한 장발을 한 내가 마음에 들지 않았던 모양이다.

"시켜보지도 않고 왜 안 된다 캅니까?"

도전할 기회조차 얻을 수 없다는 게 너무 억울했다.

"회사도 다녀봤고, 노가다도 했고, 포장마차도 해봤심더. 시켜만 주이소. 몬할 거 없심니더."

마치 물건이라도 맡겨놓은 사람처럼 당당한 촌뜨기의 항변에 짱구 사장님은 꽤나 당황한 눈치였다. 하지만 앞뒤 없이 달려드는 무모한 의지가 가상해 보였는지 아예 내치진 않았다.

"지금은 겨울이니까 봄에 다시 와!"

말씀은 감사했지만, 봄이 올 때까지 기회가 여전할지는 아무도 모르는 법이다. 가난한 청년에겐 없는 게 여러 가지 있는데, 특히 기다릴 여유는 절대적으로 없는 법이다. 짱구 사장님은 말로는 안 된다고 하면서도 돌아가지 않고 버티고 있는 내게 우동 한 그릇을 시켜주었다. 나는 염치 불고하고 그걸 또 맛있게 먹었다. 날이 저물고, 장사를 마친 이들이 하나둘 문을 열고 들어왔다.

"처음 보는 얼굴이네. 누구야?"

나에게 관심을 보인 사람은 민씨 아저씨였다.

"그 장사, 나한테 배워볼래?"

이것저것 가릴 처지가 아니었으므로 대답은 정해져 있었다.

"네! 감사합니다!"

독기처럼 품은 성공에 대한 간절함만 빼면 그 모든 것이 우연이었다. 남대문 지하상가의 토스트 팬 가게, 신설동 짱구 사장님, 그리고 민씨 아저씨와의 만남까지 우연에 우연을 거듭했다. 우연의 징검다리를 하나씩 건너 운명으로 가는 길에 접어든 것이다. 혈혈단신 스물다섯 살 청년에게 우연과 우연은 간절함이라는 질긴 고리로 얽혀 있었다. 운명은 그렇게 태어나는 법이다.

비둘기의
꿈

나는 경상남도 거창군 외진 산골 마을에서 자랐다. 초등학교를 마칠 무렵까지 전깃불이 아닌 호롱불을 켜고 살았다. 언감생심 텔레비전은 구경도 못 했다. 지금도 고향 마을엔 버스가 잘 다니지 않는다. 20~30분은 걸어야 버스 정류장이 나온다.

부모님은 논밭을 갖지 못했고, 대신 두세 살 터울의 사내아이만 줄줄이 낳았다. 다섯 형제였다. 멀쩡한 감자는 내다 팔아야 해서 우리가 먹을 감자떡을 만들 때도 다 썩어가는 것으로만 골라 썼다. 쌀도 마찬가지였다. 왕겨를 찧고 나면 고운 겨가 나오는데 그걸로 개떡을 만들어 먹었다.

그 시절부터 내 소원은 단 한 번도 바뀌지 않았다. 가난한 삶을 사는 사람은 꿈도 여러 가지를 가질 수 없다. 그런 이들이 대부분 그렇듯, 나의 소원은 지겨운 가난에서 벗어나는 거였다. 돈을 많이 벌고 싶었다. 얼마나 벌어야 많은 건지도 모르고 막연히 부자를 꿈꾸었다. 장가들어서 어엿하게 가정을 꾸리고, 함께 살 집과 멋진 자동차도 사서 남들 앞에 번듯하게 뽐내고 싶다는 순진한 바람이 어린 나의 가슴을 꽉 채우고 있었다. 그런 꿈은 청년이 되어 서울에 올라와서도 '비둘기

집'에 누워 날마다 꾸었다.

당시 서울 청량리 일대에는 방 하나를 여섯 칸으로 나누어 간신히 몸만 뉘일 수 있는 숙소들이 있었다. 허리라도 펴고 앉으면 천장에 머리가 닿을 정도여서 기어서 들어가고 기어서 나와야 하는 방이었다. 닭장보다 좁아서 비둘기집이라고 부르는 걸 몸으로 깨달았다. 그래도 한 달에 6만 원으로 잠자리와 아침저녁 두 끼를 해결할 수 있으니 별수 없었다. 일을 공치는 날에는 숙소에 머무를 수는 있지만, 점심은 먹을 수 없었다. 나중엔 그 돈도 없어서 열흘에 2만 원씩, 세 번에 나누어 냈다.

민씨 아저씨는 물건을 잘 파는 장사꾼이었지만, 내 손에 쥐어지는 수입은 없었다. 처음부터 촌놈 하나 데려다 허드렛일이나 시킬 심산이었는지 일을 시키면서도 월급은 주지 않았다. 하지만 민씨 아저씨의 무임금에도 논리는 있었다. 장사하는 법을 알려주고 점심도 먹여주는데 월급까지 줘야 하냐는 거였다. 노동력의 가치가 땅바닥에 붙어 있던 시절이었다.

나로서는 당연하게 여겨 전혀 불만이 없었다. 수업료 한 푼 내지 않고 생생한 현장 수업을 듣는다고 생각했기 때문이다. 또다시 그런 순간이 오면 나는 얼마든지 무보수로 일할 생각이 있다. 요즘 기준으로 말하면 '열정 페이'일 수 있다는 걸 안다. 하지만 나는 그 열정 페이를 쌈

짓돈 삼아 성공을 일구어냈다.

일을 시작하고 얼마 지나지 않아 민씨 아저씨는 강원도행을 귀띔했다. 나는 선뜻 따라나섰다. 잠자리와 끼니를 해결할 수 있다는 생각이 한몫했다. 강릉으로 가는 길은 말할 수 없이 멀었지만, 부자가 되고 싶다는 꿈보다는 가까이 있었다. 옳은 선택이었다. 물건 파는 사람들은 전국 팔도 어디에서나 무엇이든 팔 수 있어야 한다. 무엇보다 장사는 현장에서 배워야 한다. 그 판을 깔아준 이가 민씨 아저씨였다. 가난은 내 몸 어디에나 덕지덕지 묻어 있었다. 어깨 위에, 등허리에, 꿈으로 향하는 발바닥에…. 날아서는 벗어날 수 없는 가난이었고, 한발 한 발 밟으며 건너야 했다.

애송이의
허세

　　서울시 도봉구 쌍문동. 인기 드라마 속 추억 소환용 에피소드 덕분에 이제 이곳은 모두의 쌍문동이 된 것 같다. 쌍문동을 알지 못하는 사람까지도 쌍문동을 추억한다. 나에게도 쌍문동에 얽힌 추억이 하나 있다. 드라마가 1988년 전후를 다루고 있으니 나의 쌍문동 시절과도 딱 겹친다.

"걱정 마이소. 오늘 진짜 열심히, 제대로 장사 한번 해보겠심더!"
첫 장사를 하러 가던 날, 무슨 배짱인지 민씨 아저씨에게 큰소리를 뻥뻥 쳤다. 내심 최고 매출을 찍겠다는 다짐도 했다. 애송이의 호언장담이 민씨 아저씨에겐 얼마나 우스웠을까.
하지만 장사는 당찬 나의 각오와는 정반대로 흘러갔다. 막상 판을 깔고 물건을 팔아야 하는 순간이 닥치자 그대로 얼어버린 탓이다. 입이 떨어지지 않았다. 시간과 공간이 멈춰버린 듯했다.
'나는 지금 무슨 말을 해야 하지?'
'나는 지금 여기에 뭐 하러 왔지?'
하필이면 판을 깐 자리가 보훈연금 매장 앞이라 드나드는 사람이 많았고, 물건을 팔러 나온 사람도 적지 않았다. 설상가상 전부 여자들이었다. 눈이 마주칠 때마다 어찌나 부끄러운지 숨고 싶은 마음뿐이었다. 팔기 위해 들고 온 물건이 토스트 팬이라 그들 모두 잠정 고객이었는데도 그런 생각 따윈 길 건너에 가 있었다.

한참을 멍하게 서 있다가 조금씩 현실을 자각했다. 화려한 언변은 고사하고, 입이라도 뻥긋해야 하나라도 팔 게 아닌가.
'토스트 팬 사세요! 이렇게 말하면 될까? 이게 뭐에 쓰는 물건인지, 얼마나 좋은지 어떻게 알려야 하지?'
머릿속의 헝클어진 실타래는 도무지 풀릴 기미가 보이지 않았다. 나의 장사는 마음과 의욕만 앞섰지 준비가 하나도 안 된 어설픔 그 자체였다. 상상 속에서는 좌판만 펼쳐도 사람들이 줄 서서 아우성칠 것 같았다. 그때의 애송이 장사꾼에게 내가 해줄 말은 딱 하나다.
"꿈 깨!"

응답하라,
쌍문동 프라이팬

최고 매출을 찍겠다던 애송이의 다짐은 참 가
소로웠다. 최고 매출은 고사하고 자리를 접어야 할 판이었다. 도저히
안 되겠다 싶어 카세트테이프를 구했다. 장사 잘하기로 소문난 형님
을 찾아가 20분 분량의 코멘트를 직접 녹음해왔다. 듣고 또 들었다.
하지만 선뜻 물건을 사게 만드는 장사 수완까지 물 흐르듯 따라 하는
건 보통 일이 아니었다. 밤새워 한 줄씩 듣고, 한 줄씩 따라 적었다. 그
걸 통째로 외울 작정이었다. 코멘트의 리듬감과 속도는 물론 쉼표까
지 따라 할 생각이었다. 내 정신은 온통 장사 코멘트에 팔려 있었다.

장사는 머리로 하는 게 아니라 간절함으로 하는 거였다. 코멘트를 통
째로 외운 덕인지 다음 날은 한결 수월했다. 두 번, 세 번 반복하면서
자신감도 생겼고 흥이 따라붙었다.
하루는 장사를 마칠 시간이 다가오는데도 아주머니 한 분이 좌판 앞
을 지키고 서 있었다. 20분짜리 홍보 타임이 끝났는데도 자리를 뜰
생각이 없어 보였다. 내 입장에서는 한 사람이라도 손님이 있으니 판
을 걷을 수 없었다. 처음부터 끝까지 20분 분량의 코멘트를 신들린

듯 반복했다. 그렇게 몇 번을 반복했을까, 보훈연금 매장 문을 닫을 시간이라는 안내 방송이 흘러나왔다.

"사모님, 지금 문 닫는다고 하네요."

"아, 그러네요. 장사를 너무 열심히 해서 자리를 뜰 수 없었어요."

나는 설명이 부족한가 싶어 1시간 넘게 코멘트를 반복했고, 그분은 열심히 장사하는 내 모습이 안타까워 자리를 뜰 수 없었던 것이다.

"오늘은 짐이 많아 그냥 가야 할 것 같아요. 내일 일찍 와서 꼭 살게."

내일 온다는 손님을 믿는 장사꾼은 세상 어디에도 없다. 나 역시 그랬다. 인사라도 한마디 건네준 게 고마워 큰 소리로 웃으며 화답했다.

"네, 그러세요."

하지만 아주머니는 약속을 지켰다. 다음 날 찾아와 토스트 팬을 샀으니까. 그리고 다음 날도 왔다. 써보니 너무 좋다며 부탁하지도 않은 입소문까지 내주었다. 나는 아직도 쌍문동을 떠올리면 '내일' 오겠다고 하곤 '매일' 찾아온 그 손님이 생각난다. 토스트 팬을 하나라도 더 팔 수 있게 시키지도 않은 바람잡이 역할까지 해주신 아주머니가 초짜 장사꾼의 기를 완전히 살려놓은 것이다.

"이거 정말 좋아요. 내가 써봤는데, 달걀프라이뿐 아니라 지단, 토스트 만들 때 얼마나 편한지 몰라. 정말 좋아. 써봐서 안다니까!"

성공
리허설

민씨 아저씨를 따라 강원도 이곳저곳을 다니
며 장사를 하는 동안 나는 독립할 준비를 했다. 머지않아 '내 장사'
를 하겠다는 굳은 다짐을 마음에 새기고, 민씨 아저씨에게 제안을
하나 했다. 모든 걸 혼자 알아서 할 테니 물건을 팔면 한 개당 1000
원씩 달라고. 그렇게 해서 하루에 2만~3만 원씩 내 몫이 생겼고, 짧
은 시간에 50만 원을 모았다. 그 돈으로 토스트 팬을 샀고, 장사할
때 쓰는 기구도 챙겼다. 그리고 강원도에서 익힌 현장 감각을 종잣
돈 삼아 독립을 선언했다.

일단 부산에 내려갈 생각으로 열차에 올랐다. 열차 안에서 느낀 오만
가지 감정은 지금도 또렷하다. 군복을 싸 들고 서울로 올라갈 때와는
사뭇 달랐다. 일단 작은 전투에서 무사히 살아 돌아가는 기분이랄
까. 한편으로는 상경할 때와 마찬가지의 비장함도 있었다. 조금 더 큰
전투를 치러야 한다는 점에서 그랬고, 그 싸움 역시 홀로 맞서야 한
다는 점에서 더욱 그랬다.

복잡한 심정 탓이었을까, 나는 목적지인 부산이 아닌 곳에서 무작정

내려버렸다. 스스로를 시험해보고 싶었다. 아는 사람 하나 없는 곳에서, 아무 준비도 되지 않은 곳에서 맨땅에 헤딩하듯 무언가를 이뤄보고 싶었다. 무모함과 용기는 같이 찾아온다. 그럴 때는 마음이 시키는 대로 따라가는 것도 방법이다.

내가 무턱대고 내린 곳은 안동이었다. 마침 이튿날이 일요일이었고 장날이었다. 장사의 첫 요소는 목이다. 자리를 보기 위해 시장을 한 바퀴 둘러보았다. 눈에 들어오는 자리가 있었다. 큰 약국 바로 앞자리. 사람이 많이 다닐 만한 곳이었고, 어디서나 눈에 띌 것 같았다.

우선 약국 주인의 허락이 필요했다. 무턱대고 약국 문을 열고 들어가 허리를 굽혀 인사한 다음, 내일 문 앞에서 장사를 해도 될지 간절한 표정으로 물었다.

"사모님, 내일 약국 문 엽니까? 문을 안 열면 요 앞자리 좀 빌려주시면 안 되겠습니까?"

"뭐 할라고 그라는데요?"

사실 내 고향이 부산이다, 그런데 장사를 배우러 서울에 갔고 객짓밥 먹으며 고생을 좀 했다, 이제 고향에 내려가 장사를 좀 해보려고 하는 중인데 여기서 홀로서기 장사를 한번 해보고 싶다, 다른 데 찾아봤는데 마땅한 자리가 영 안 보이더라….

구구절절 사연을 늘어놓는 내 눈빛이 어지간히 간절해 보였던 걸까?

"일요일에는 약국 문을 닫으니까 장사를 해도 되긴 하지예. 그란데 우짭니까."

약국 주인이 난감한 표정을 지었다. 알고 보니 일요일마다 약국 앞에서 장사를 하는 사람이 따로 있었다. 그렇다고 단번에 물러날 수는 없는 일. 한 번 더 정중하게 부탁했다.

약국 주인은 한참을 고민한 뒤 장사를 허락했다.

"누가 물으면 약국 주인아저씨 고향 동생이라고 하시소."

다음 날 동틀 무렵 약국에 도착했더니 더 고마운 일이 일어났다. 약국 주인께서 문 앞에 서 있었는데, 혹시라도 먼저 장사를 하던 사람과 시비가 붙을까 걱정돼서 나왔다고 했다. 낯선 이에게 그런 마음을 써주기란 쉽지 않은 법이다. 고마운 배려 덕이었는지 시비는 없었고, 준비한 토스트 팬 53개도 완판했다.

순매출 53만 원, 순이익 30만 원! 하루에 한 달 치 월급을 번 셈이다. 하늘을 나는 기분이었다. 사람들이 사 가는 건 토스트 팬인데, 내가 파는 건 돈 찍는 기계 같았다.

"아이고, 이게 뭐꼬? 신기하네! 나도 하나 줘봐예."

사람들이 모여들고, 호기심을 보이고, 너도나도 그날밖에 팔지 않는 토스트 팬을 사겠다고 손을 들었다. 본래 시골 장은 늦은 오후에 정점을 찍는다. 하지만 그날은 오후 2시에 이미 물건이 동나버렸다. 프라이팬이 딱 두 개 남았을 때 사겠다는 사람은 열 명이 넘었다. 할 수 없이 손님들에게 시범을 보이던 프라이팬과 샘플로 쓰던 팬까지 내놔야 했다.

독립 선언 이후 첫 장사는 '합격'. 성공 드라마의 리허설을 무사히 마친 기분이었다. 서울에 연락해 토스트 팬 100개를 주문한 뒤, 뿌듯한 기분으로 부산행 버스에 올랐다.

"와 그런지 모르겠는데, 도와주고 싶네예."

약국 주인의 목소리가 자꾸 귓가에 맴돌았다. 내 얼굴이 도와주고 싶게 생겼나 싶어 피식 웃음이 났다. 무작정 약국에 들어갔을 때 내 표정과 눈빛은 어땠을까? 확인할 방법은 없지만, 마음은 복기할 수 있었다. 간절함과 진심, 그런 것들로 꽉 차 있었다.

아쉽고 미안한 건, 샘플 팬까지 모조리 팔린 터라 약국 주인에게 토스트 팬을 선물하지 못한 일이었다. 얼마의 시간이 흐른 뒤, 아내와 함께 다시 안동을 찾았을 때는 약국이 사라진 뒤였다. 수소문 끝에 약국 주인아저씨가 있다는 곳으로 찾아갔지만 결국 만나지 못했다. 그날의 고마움을 나는 오래 기억하자고 다짐했다. 그래야 나도 누군가에게 그분들처럼 마음을 베풀 수 있을 테니까.

그렇게 갚는 수밖에 없는 인연도 있는 법이다.

우째 그리
장사를 잘하노!

부산 동래시장 이불집 앞. 독립한 내가 본격적으로 장사하기 위해 처음 자리를 잡은 곳이다. 안동에서 경험한 자신감으로 무장하고 '내 장사'의 포문을 열던 날. 그날 그 자리를 떠올리면 지금도 구름 위에 있는 기분이다. 내게 몰려들던 사람들의 아우성, 손을 뻗어 토스트 팬을 달라고 재촉하던 모습이 눈에 선하다.

토스트 팬의 가격을 묻는 사람들, 급한 마음에 돈부터 내던지고 토스트 팬을 챙기는 사람들이 뒤엉켜 정신이 하나도 없었다. 무대에 오른 가수가 팬들의 환호성을 들으면 홀린 듯 춤추고 노래하게 된다는데, 그 기분을 이해할 수 있을 것 같았다. 보이지 않는 어떤 힘에 취했는지 나는 그 많은 사람을 한 명씩 상대하며 현장을 지휘했다.

그 와중에 눈길을 끄는 사람이 한 명 있었다. 껌을 파는 장애인 손님. 사람들이 아우성이니 그가 보기에도 토스트 팬이 꽤 좋아 보였던 모양이다. 하지만 그의 수중엔 돈이 모자랐다. 시장을 돌며 껌을 팔아 번 돈을 내미는데 죄다 동전이었다. 토스트 팬은 1만 원인데, 그의 하루 벌이는 9000원이었다. 나는 그의 하루를 건네받고 팬을 내주었다. 그것으로 팬을 사고 싶은 그의 마음에 감사를 표했다.

그날 내가 장사하는 모습은 아버지와 어머니를 제법 뿌듯하게 만든 모양이었다. 내가 부모님께 보여드리고 싶었던 모습도 딱 이런 거였다. 토스트 팬을 얼마나 팔았는지는 둘째 문제였다. 부모님의 주름진 눈가에 아들을 향한 대견함이 맺혀 있었다.

매출도 입이 벌어질 정도였다. 80만 원을 웃돌았다. 당시 물가를 생각하면 그야말로 어마어마한 액수였다. 하루 만에 웬만한 월급쟁이 월급보다 훨씬 많은 돈을 번 셈이다. 작은 토스트 팬으로 빵이 아니라 돈을 구워낸 것 같았다.

"우리 아들, 우째 그리 장사를 잘하노!"

그 말을 듣는 순간 가슴이 벅차올랐다.

그 후로 강릉 단오제, 진주 개천예술제, 진해 군항제 등 팔도 행사를 누비고 다녔다. 오일장과 재래시장도 휩쓸고 다녔다. '내 장사'가 궤도에 오르기 시작한 것이다.

장사는
쇼!

　　　　　　장사는 쇼다. 이건 두말할 것도 없다. 짧은 시간 안에 누구의 눈에라도 들어야 한다. 누구의 귀에라도 꽂혀야 한다. 시장통에서 발을 구르고 손뼉을 치며 목청을 높이는 데는 다 그만한 이유가 있다.

"1000원, 1000원!"

"500원, 500원!"

"여기 좀 보세요, 이게 지금 1000원!"

시장이나 마트에서 좌중을 휘어잡는 솜씨를 발휘하는 사람들에겐 스타 기질이 있다. 주목받는 일에 한 치의 거리낌이 없어야 한다. 자신이 팔아야 할 것을 대중에게 정확하게 어필할 수 있어야 한다.

　　진해 군항제가 열리던 어느 화창한 봄날, 아내의 분홍색 그물 카디건을 빌려 입고 판을 벌인 적이 있다. 뜨개옷 구멍 사이사이에 실버 티스푼을 주렁주렁 찔러 넣었다. 티스푼이 화사한 봄 햇살을 반사하면서 온몸이 반짝반짝 빛났다. 그날의 장사 경쟁자는 아름답기로 유명한 벚꽃이었다.

의상 준비를 마쳤으니 이제 무대를 마련할 차례다. 단을 높이 쌓고 조명을 밝혔다. 실버 티스푼이 조명 효과를 극대화할 거라는 생각만으로도 기대감이 차올랐다. 쿵작쿵작 뽕짝 볼륨도 키웠다.

나는 그동안 갈고닦은 '다다구리' 솜씨를 발휘해 사람들의 이목을 집중시킬 작정이었다. 발을 구르고 손뼉을 치면서 "골라, 골라, 500원, 골라!"를 외치는 걸 다다구리라고 한다. 1만 원짜리 물건을 1000원에 팔 때, 그러니까 거저 주는 것과 다르지 않다고 동네방네 알려야 할 때 활용하는 길바닥 마케팅 기법이다.

장사꾼에겐 각기 자신만의 다다구리 기술이 있다. 다다구리는 무한 돌림노래에 가깝다. 사람들에게 반복적으로 주입해 각인시켜야 한다. 듣는 사람이 자신도 모르게 다다구리 한 소절을 흥얼거리게 만들면 대성공이다. 사람을 모으는 데는 다다구리가 최고다. 흔히 남대문시장 다다구리를 떠올릴 텐데, 나는 남대문시장에서 건성으로 하는 다다구리가 늘 아쉬웠다. 똑같은 말만 기계적으로 반복하는 다다구리엔 절실함이 없다. 조명과 마이크, 복장과 무대로 시선을 끄는 것이야말로 다다구리를 잘하기 위한 기본 조건이다. 거기에 정확한 발음, 중독성 있는 리듬, 진심을 버무려야 한다.
"반값의 반값! 절반의 절반!"

다다구리의 핵심은 물건값이 싸다는 걸 정확하게 알려주는 데 있다. 제품 설명을 길게 할 것도 없다. 대체 얼마기에 저렇게 당당한가, 얼마나 싸게 팔기에 저렇게 목청을 높이는가 등 호기심을 유발해 순식간에 사람들의 이목을 집중시킬 수 있어야 한다.

"봐요, 봐요, 여기를 봐요! 잡아, 잡아, 골라, 잡아! 반값의 반값! 절반의 절반! 세일의 세일! 얼마나 싸냐, 여기를 봐요!"

싸다는데 외면할 소비자는 없다. 마트에서 원 플러스 원 행사가 꼭 필요한 이유가 무엇이겠는가.

다다구리가 상품의 가격과 쓸모를 핵심 단어로 전달한다면, 제품에 신비주의적 서사를 덧입히는 걸 '단가' '단가 친다'라고 표현한다.

"자, 이걸 좀 보세요. 이게 얼마나 굉장한 건지 잘 들어보세요. 여태까지 이런 걸 본 적 없을 겁니다. 오늘 처음 공개하는 것이거든요. 여기 계신 분 모두가 행운아입니다. 보는 것만으로도 행운이에요."

단가를 잘 치면 쓸모없는 돌도 팔 수 있다는 말이 있다. 그야말로 사람을 홀리는 마케팅 기법이다. 국회의원 선거에서 자기를 뽑아달라고 목청 높여 연설하는 것도 결국에는 단가고, 유명 강사의 강연도 단가다. 단가의 핵심은 듣는 사람으로 하여금 자기 말을 믿게 만드는 것, 그래서 결국 선택하게 만드는 데 있다. 짧은 순간에 자신을 어필하고, 신뢰감을 갖게 해야 한다. 이때 물건 가격은 가장 나중에 공개한다. 가격이 아니라 가치를 먼저 전달하는 것이다. 그게 성공하면 게임 끝. 가격이 얼마든 그걸 꼭 갖고 말겠다는 마음이 요동치기 때문이다. 신뢰가 쌓이고 마음이 움직이면 사람들은 강의실에서 고개를 끄덕이고 메모를 한다. 투표장에서 한 표를 행사한다. 시장에서 돈을 내고 물건을 산다.

단가를 가장 세련된 방법으로 발전시킨 버전이 스티브 잡스가 신제품을 발표하는 장면이다. 이 상품이 얼마나 가치 있는 것인지, 왜 사람들에게 필요한지, 사람들의 생활이 어떻게 달라질 것인지 기대감을 한껏 높이는 방식을 구사하는 스티브 잡스야말로 단가의 천재라고 할 수 있다. 장사는 쇼니까!

나는 실버 티스푼이 얼마인지 말하지 않았다. 그저 '반값 티스푼'이라는 단어만 임팩트 있게 각인시켰을 뿐이다.
"자, 반값, 반값! 딱 절반 값에 가져가세요."
은빛 티스푼으로 반짝이는 분홍색 카디건을 입은 남자 앞으로 사람들이 모여들기 시작했다. 반값이면 대체 얼마라는 거야? 호기심 가득한 사람들이 무대를 감쌌다. 이제부터는 광대처럼 한판 멋지게 놀아야 한다. 몰려든 사람들 중에는 말 한번 걸어보려는 사람이 꼭 있기 마련이다. 그때부터는 그들을 몰고 다니며 밀고 당기기를 해야 한 73

다. 가격에 대한 궁금증은 그대로 유지하면서 나를 졸졸 좇아오게 만든 다음, 적당한 타이밍에 한 번씩 가격을 공개하면 된다.

"반값 티스푼, 1000원의 반값 500, 500, 500 티스푼!"

장사꾼이 광대처럼 고객과의 놀이 한판을 펼치면 딱히 물건 살 생각이 없는 사람도 박수를 치고 지갑을 열고 입소문을 낸다. 지금이야 어디서나 구할 수 있는 흔한 티스푼이지만, 그때만 해도 그렇지 않았다. 그날, 한 묶음으로 파는 경우가 많아 한 개에 500원 하는 티스푼은 군항제 벚꽃만큼이나 인기가 좋았다.

장사는 쇼다!

신기루처럼 사라지는 쇼가 아니라 물건이 남는 쇼.

도깨비방망이의
허상

도깨비방망이가 선풍적 인기를 끌 때가 있었
다. 무엇이든 간편하게 갈아준다고 그런 이름이 붙은 주방용품이다.
"이 사장, 도깨비 총판 한번 해볼래?"
장사 스승인 짱구 사장님이 도깨비방망이 부산 경남 총판 자리를 내
게 제안했다. 대박 아이템 총판을 준다니 마다할 이유가 없었다. 짱
구 사장님에게 물건을 받아 2년 넘게 팔면서 신뢰를 두텁게 쌓은 결
과였다. 당시 짱구 사장님에겐 내로라하는 제자가 많았다. 그런데도
총판은 내 차지가 됐다.

짱구 사장님 지휘로 남포동 세명약국 앞에 판을 벌였다. 한 달 남짓
장사하는 법을 배우고, 내가 제법 잘 배운다고 생각했는지 총판 운영
권을 넘겨주었다. 나는 당시 함께 장사하던 사람 중에서 가장 어렸다.
새파랗게 어렸지만 확신이 있었다. 도깨비방망이가 2년 차 장사꾼을
새로운 도약으로 이끌어줄 거라는 확신.
항간에는 어떤 식재료든 손쉽게 잘 갈아주는 혁신적 기능 때문에 도
깨비방망이를 요술방망이라고도 불렀다. 그 요술 덕분일까, 어린 사

75

장은 승승장구했다. 사무실로 물건을 받으러 온 장사꾼들은 나를 앞에 두고도 늘 사장을 찾았다.

"사장님 안 계세요?"

"제가 사장인데요!"

당시 내 나이 스물일곱. 어린 사장에게 도깨비방망이 파는 방법을 배우고 물건을 떼어가는 사람이 꼬리에 꼬리를 물었다. 하루에 300개 넘는 물건이 도매로 나갔다. 한 개 팔면 1만 원이 남는 장사라 잘 팔리는 날에는 300만 원을 벌었다.

장사가 잘되면 몸이 고달파도 아픈 줄 모른다.

도깨비방망이를 파는 하루하루는 정말 빡빡하게 돌아갔다. 아침 일찍부터 장사를 위한 직원 교육을 하는 게 첫 번째 일과였다. 소매상에겐 목 좋은 자리를 잡아준 다음, 매일 현장을 돌았다. 사람들은 사장이 관리만 하는 줄 알지만, 잘되는 장사는 결코 그것만 해서는 안 된다. 오후부터 저녁 식사 전에 반짝 장이 설 때면 직접 현장에서 물건을 팔았다. 직원들이 하루 종일 파는 만큼의 매상을 잠깐 동안 팔아치워 올리곤 했다.

하지만 도깨비방망이가 부리는 요술은 채 2년을 넘기지 못했다. 공장에 물건값을 치르고 직원들에게 수당을 주면 남는 게 없었다. 어떤

달은 '카드깡'을 해야 하는 경우도 있었다. 약속한 할부 대금이 들어오지 않으면 이런 일이 일어난다. 앞으로 남고 뒤로 밑지는 장사. 생산자와 최종 소비자 사이에서 적자만 보는 최악의 상황에서 도무지 헤어날 방법이 보이지 않았다.

이유는 물건에 있었다. 지금은 도깨비방망이 품질이 수준급으로 개선됐지만, 그때는 잔고장이 많았다. 설탕 같은 게 엉겨 붙으면 블렌더가 헛돌다 툭하면 고장이 났다. 대부분의 고객이 할부로 물건을 산 터라 기계가 고장 나면 할부 대금을 내지 않았다. 지금처럼 택배가 발달하지도 않은 때라 AS를 진행할 수도 없었고, 방문 수리는 더욱 엄두가 나지 않았다. 신청자가 넘쳐날 게 뻔했기 때문이다.

제아무리 도깨비방망이가 요술을 부려도 물건에 하자가 있으면 죽었다 깨어나도 돈을 벌 수 없다. 품질이 좋아야 고객에게 오래 사랑받을 수 있다. 충성 고객들의 재구매 역시 품질에 대한 신뢰에서 나오는 것이다. 품질은 모든 것의 열쇠다. 내가 도깨비방망이 장사에서 배운 게 바로 이것이다. 장사는 쇼라지만, 품질을 보장하지 못하는 쇼는 아무리 화려해도 사람들을 빠져들게 만들 수 없다.

장사꾼의
상도덕

장사꾼의 최고 상도덕은 좋은 물건을 파는 것이다. 초보 장사꾼은 그 사실을 알기 어렵다. 나 역시 예외가 아니었다. 나는 가난한 산골 아이들 대부분이 그렇듯 선택지가 별로 없는 삶을 살았다. 슬픈 사실이지만 가난하게 사는 많은 사람이 부지런하다. 그들은 부모로부터 물려받은 성실함을 삶의 종잣돈으로 삼을 수밖에 없다. 내가 딱 그런 경우였다.

성실하게 물건만 팔던 시절의 나는 이윤이 많이 남고, 팔기 쉬운 물건들을 공략했다. 소비자에게 꼭 필요한 물건인지 고민하는 건 내 몫이 아니었고, 품질에 대해서도 책임질 필요가 없다고 생각했다. 이런 장사꾼들의 행로는 대개 비슷하다. 한자리에서 장사를 하다 물건에 이상이 생겨 고객들이 항의하러 찾아오면 다른 자리로 옮긴다. 이곳저곳 떠돌며 장사를 하는 것이다. 그렇게 되면 돈은 벌지만 몸은 아주 고달프다. 날씨에 영향을 받고, 장기 계획을 세우기도 어려워진다. 영원히 장돌뱅이로 사는 셈인데, 그 기간이 길어질수록 점점 더 돈이 안 된다. 나도 별반 다를 것 없는 그런 장돌뱅이였다.

이런 삶에 대해 생각에 생각을 거듭한 끝에 결론을 내렸다. 믿을 건 성실함뿐이라고 생각했지만 마음을 고쳐먹었다. 제품에 대한 책임감까지 추가하기로 한 것. 많은 장사꾼이 이 두 가지를 마음에 새기지 못한다. 기본을 지키기란 세상 누구에게나 어려운 일이니까.

'돈 되는 물건 말고 잘 만든 물건을 팔 수 있는 방법은 무엇일까?'
'고객들이 아깝지 않게 돈을 쓸 수 있는 물건을 팔려면 어디서 어떻게 시작해야 할까?'

도깨비방망이가 내게 남긴 진짜 요술은 바로 이런 질문을 하게 만든 것이었다. 도깨비방망이로 위기에 처하지 않았다면 이런 생각을 하지 않았을지 모른다. 이것저것 꼼꼼하게 따지며 물건을 고르겠다고 마음먹자 작은 흠결도 크게 느껴지기 시작했다. 물건을 찾고 또 찾고, 그런 날이 계속 이어지는 가운데 드디어 답을 찾았다.

'아직 세상에 존재하지 않는 물건을 팔자!'
'누구에게 내놓아도 자신 있는 물건을 팔자!'
'그런 게 시장에 없다면 내가 직접 만들어 팔자!'

계획하지 않은 삶의 다음 행보는 그렇게 결정됐다.

3장

해피콜의
매직

붕어빵과
양면 팬

제조업에 뛰어들기로 결심한 순간 새로운 차원의 고민이 시작됐다. 무엇을 만들 것인가?

토스트 팬을 팔면서 기반을 닦은 탓에 내가 파고들 시장 역시 주방용품에 있지 않을까 싶었다. 주방용품은 실생활에서 가장 자주 사용한다. 일상적으로 쓰임새 있는 물건은 그만큼 안정적인 수요를 보장한다. 그런 판단에서 시작한 나의 탐색은 토스트 팬에서 프라이팬으로 확장됐다.

프라이팬에 꽂힌 결정적 이유는 생선구이였다. 우리나라 국민만큼 생선구이를 좋아하는 사람들이 또 있을까. 옛날에는 집집마다 마당에서 생선을 구웠다. 특히 연탄불에 구운 생선은 어찌나 맛있던지! 하지만 아파트 주거 문화가 정착하면서 생선을 자주 굽는 게 어려워졌다. 온 집 안은 물론 옆집까지 흘러드는 생선구이 냄새는 그야말로 민폐였기 때문이다. 그렇다고 생선구이를 좋아하는 식문화가 하루아침에 사라질 수는 없는 일이다. 일부러 연탄구이 식당을 찾아가 줄 서서 먹는 것만 봐도 알 수 있다. 여기서 장사의 촉이 발동했다.

생선을 구워도 냄새가 나지 않고 눌어붙지 않는 팬이 있다면? 상상만으로도 저절로 웃음이 나왔다. 겉은 바삭하고 속은 촉촉하게 구워주는 팬이 있다면? 상상만으로도 박수가 터져 나왔다. 생선을 구워도 냄새가 나지 않은 프라이팬이라면 주방용품 시장의 틈새를 파고들수 있을 것 같았다. 프라이팬을 사용할 때 음식이 바닥에 눌어붙지 않는다면 주부들의 마음을 사로잡을 것 같았다.

하지만 상상은 상상, 현실은 현실. 프라이팬은 열전도율이 좋으면 겉이 쉽게 타고, 반대로 열전도율이 낮으면 바삭한 식감을 낼 수 없다. 이 두 마리 토끼를 잡을 수 있는 방법이 없을까?

고민만 쌓이는 나날을 보내는 중, 생각지도 못한 대목에서 힌트를 얻었다. 붕어빵! 장사를 하느라 바쁜 날에는 끼니를 챙기기 어려워 종종 붕어빵으로 점심을 때우곤 했다. 그날도 붕어빵 가게 앞에서 갓 구운 붕어빵이 나오길 기다리고 있는데, '틀 안에 든 게 붕어 모양 빵이 아니라 생선일 수는 없을까?' 하는 생각이 문득 떠올랐다.

생선을 붕어빵처럼 구울 수만 있다면! 모두가 알듯 붕어빵의 식감 포인트는 '겉은 바삭, 속은 촉촉'이다. 이러한 붕어빵의 식감은 독특한 빵틀 구조 때문에 만들어진다. 양면 빵틀은 반죽을 뒤집는 게 아니라 틀 자체를 뒤집어 굽기 때문에 양면을 고루 익힐 수 있다. 프라이팬을 양면으로 만들면 한쪽 면이 뚜껑 역할을 하기 때문에 수분이

83

잘 빠져나가지 않을 것이다. 양면을 밀폐시키면 기름이 튈 염려도, 생선 굽는 냄새가 퍼질 염려도 없을 것이다.

"그래, 붕어빵 말고 생선을 굽자!"

"붕어빵 틀 말고 양면 프라이팬을 만들자!"

그날 밤 나는 아직 세상에 있지도 않은 프라이팬 때문에 몹시 설레었다. 양면 프라이팬으로 생선을 구워 밥상 위에 올리는 상상만으로도 배가 불렀다. 하지만 아이디어가 곧장 상품화되는 일은 거의 없다. 좋은 아이디어가 곧 좋은 상품을 뜻하진 않는다.

붕어빵 틀 같은 양면 프라이팬도 마찬가지였다. 양면으로 팬을 만들려면 완벽하게 밀폐시키는 게 관건이었다. 제대로 패킹하지 못하면 기름과 수분이 새는 걸 막을 수 없다. 문제는 또 있었는데, 팬이 뜨겁게 달아오르면 열 때문에 패킹이 흐물흐물 녹아내린다는 것이었다. 열과 기름, 그리고 수증기를 이겨낼 패킹이 필요했다.

경남 양산의 한 실리콘업체부터 미국 다우코닝사에 이르기까지 테스트에 쓸 수 있는 건 모두 가져와 실험했다. 패킹 재료만 100개쯤 받아본 것 같다. 이런 지난한 과정을 거치느라 완전히 진이 빠진 지경이었다. 실험 단계에서의 성공 비결은 간단하다. 포기하지 않으면 된다. 결국 숱한 테스트 재료 중 딱 한 개가 열과 기름, 수증기를 모두 이겨냈다는 보고를 받았다.

꿈꾸던 일에 한 걸음 다가간 느낌이 들면서 심장박동이 빨라졌다. 하지만 방심은 금물. 산을 하나 넘었다면, 또 다른 산을 넘을 차례라는 뜻이다. 패킹 다음은 팬 자체의 문제를 해결해야 했다. 작은 프라이팬 공장 하나를 인수해 제품을 만들고 테스트를 했는데, 이번에는 실리콘은 멀쩡한데 팬이 휘는 일이 벌어졌다. 보이지 않는 작은 틈만 있어도 김과 물이 샜다. 하늘이 무너지는 것 같았지만, 주저앉을 수는 없었다. 금형을 다시 하고 팬이 뒤틀리지 않게 모든 종류의 테스트를 했다. 그렇게 또 수개월을 쏟아부었다.

양면 팬 하나를 완성하는 데 걸린 시간은 총 2년.
나는 예술 작품을 잘 모른다. 하지만 세상에 없는 걸 창작하는 예술가의 일과 세상에 없는 제품을 만들어내는 일은 비슷한 데가 있다고 생각한다. 머릿속에 있는 걸 구체적으로 실현해야 한다는 점에서 그렇다. 양면에 뚜껑이 달리고 고열에도 밀폐가 가능한 프라이팬을 완성한 날, 나는 예술가가 느낄 법한 도취감에 젖어 있었다.

물론 사업가의 성취는 아직 이루지 못한 때였다.

내가 좋아하는
이솝우화 1

《이솝우화》에 '갈까마귀와 여우'라는 이야기가 있다. 배고픈 갈까마귀 한 마리가 먹을 것을 찾아 헤매다 무화과나무를 발견했다. 하지만 무화과가 아직 익지 않은 걸 확인한 갈까마귀는 당장의 허기를 달래는 대신, 무화과가 익을 때까지 기다리기로 했다. 좀 더 익으면 훨씬 맛있는 무화과가 될 거라는 생각을 하며 당장의 배고픔을 견뎠다. 무화과나무 아래를 지나던 여우가 그 이야기를 듣고 갈까마귀에게 말했다.

"이봐, 넌 정말 어처구니없는 녀석이구나. 다 익은 무화과가 네 차지가 될 거라는 헛된 희망에 속고 있다니. 나라면 지금 당장 무화과로 배를 채울 거야. 그런 헛된 희망 따윈 결코 널 배부르게 하지 못할걸."

이 우화를 읽으면 해피콜의 첫 작품인 양면 팬을 만들던 때가 떠오른다. 무려 2년 동안 제품 개발에 모든 걸 쏟아붓고 결국 제품 개발에 성공하고도 미래가 보이지 않던 시절, 헛된 희망이라고 수군거리던 시절. 하지만 나는 갈까마귀의 희망을 버릴 수 없었다.

희망 고문의
시간

원하는 물건을 만들었으니 이제는 제대로 팔아야 할 때다. 예술가와 사업가의 길이 갈라지는 게 바로 이 지점이다. 어떻게 하면 많이 팔 수 있는지 고민해야 하고, 그 해답을 찾지 못하면 사업가가 될 수 없다.

홈쇼핑으로 판로를 뚫어야 한다고 생각했다. 당시 우리나라 홈쇼핑의 성장 추세는 어마어마했다. 매장으로 직접 찾아가는 번거로운 쇼핑 과정을 생략할 수 있고, 가격도 합리적이라 사람들이 열광하는 중이었다. 홈쇼핑 채널을 고정한 사람들은 '곧 주문 마감' 자막만 뜨면 심장박동이 빨라지면서 손가락으로는 전화 버튼을 누르곤 했다.

의심할 나위 없이 좋은 판로였음에도 문제는 있었다. 프라이팬을 만드는 동안 날마다 생선을 굽느라 도사가 다 됐고 품질에 대한 자신감도 확실했지만, 그건 오롯이 혼자만의 생각이었다. 1990년대까지만 해도 우리나라 주방용품은 수입 제품에 비해 품질이 떨어진다는 인식이 전반적으로 퍼져 있었다. 한마디로 국산 제품은 명함조차 내밀기 어려운 상황. 전투력이 꿈틀댔다. 국산 제품에 대한 잘못된 인식을 바로잡기 위해서라도 반드시 홈쇼핑에 진출해 여봐란듯이 성공을 일궈내고 싶었다.

우선 고향 선배인 박희채 회장님이 운영하는 종합 유선 방송을 찾아갔다. 제품 검증이 안 되면 웬만해선 만나주지도 않던 시절이었다. 고향 후배의 현실적 어려움을 듣자 회장님은 조언과 응원까지 섞어 방송 시간을 내주었다. 이후로도 형제 이상으로 많은 걸 도와준 고마운 선배의 조건 없는 배려였다.

그다음 순서는 오리지널 라이브 홈쇼핑 공략이었다. 중소기업 제품에 관대한 편인 농수산 홈쇼핑의 담당자를 부지런히 찾아다녔다. 방송을 해보자는 답을 얻기까지는 어렵지 않았지만, 약속은 차일피일 미뤄졌다. 한 달 두 달 석 달…. 물건을 만들어놓고도 팔지를 못해 속이 까맣게 타들어갔다. 속만 타들어가면 좋은데, 은행 잔고까지 바짝 말라갔다. 방송 날짜와 시간을 확정받기까지 단 하루도 마음 편할 날이 없었다. 희망 고문에 사람이 말라 죽을 수도 있겠다 싶었다.

선택지는 하나밖에 없었다.

'포기하지 말 것!'

방송을 타기만 한다면, 손에 착 달라붙어 최고의 생선구이를 만드는 프라이팬을 선보일 수만 있다면 세상을 뒤집어놓을 자신이 있었다.

"딱 한 번만 합시다. 두 번 하자고도 안 합니다. 딱 한 번만 이 프라이팬을 방송에 내보냅시다!"

홈쇼핑 담당자에게 읍소를 한 뒤 집에 돌아오면 온갖 종류의 생선과 고기 굽는 연습을 계속 했다. 당장 내일이라도 연락이 올 수 있으니까.

해피콜에서 만든 프라이팬을 가장 많이 쓴 사람은 누가 뭐래도 나 자신이었다. 양면 팬 뚜껑을 닫고도 생선이 익는지 타는지 귀신같이 알 정도가 됐다. 하루에도 몇 번씩 무너지는 자신을 일으켜 세우며 희망 고문을 버티던 어느 날, 드디어 홈쇼핑 방송 날짜가 확정됐다는 소식이 날아왔다. 진짜 제대로 된 쇼를 선보일 차례였다. 장사는 쇼니까!

해피콜,
홈쇼핑 신화의 시작

내 자신감은 적중했다. 방송을 두세 번 타기 시작하자 양면 팬이 날개 돋친 듯 팔려나갔다. 홈쇼핑 판매는 실시간으로 상황을 알 수 있다. 상황판을 확인하면서 몇 번이나 온몸에 소름이 돋았다. 내가 양면 팬을 쓰면서 느낀 편리함과 유용성은 주부들이 원한 바와 완벽하게 일치했다. 맛은 최고지만 냄새와 기름 때문에 번거롭기 그지없는 요리를 해본 이들은 양면 팬의 장점을 구구절절 말하지 않아도 이미 알고 있었다.

첫 번째 방송은 간신히 면을 세운 정도였지만, 그날 팔린 양면 팬이 입소문을 타기 시작했다. 두 번째 방송에서 완판, 세 번째 방송이 나갈 때는 말 그대로 초대박이 터졌다. 그다음 방송부터는 물량이 부족했다. 그야말로 판이 뒤집힌 것이다. 양면 팬을 거절하던 대형 홈쇼핑에서 먼저 스케줄을 잡아주었다. 물량을 확보하기 위해 공장을 세 개나 더 지었다. 해피콜 방송만 끝나면 다음 방송이 나가는 중에도 양면 팬 주문을 받느라 상담원들이 다른 주문을 받지 못할 정도였다. 새로 지은 공장을 밤낮으로 돌려도 물량을 맞출 수 없었다.

양면 팬은 홈쇼핑 방송 1시간 동안 가장 많이 팔린 제품으로 한국 《기네스북》에 올랐다. 2002~2004년 주방용품 부문 1위와 각종 홈쇼핑 차트를 석권했다. 다이아몬드 프라이팬이 출시된 후에는 해피콜 기록을 해피콜이 갱신했다. 2009~2012년에 GS홈쇼핑, 현대홈쇼핑, CJ홈쇼핑 등 대부분의 홈쇼핑에서 주방용품 부문 1위를 기록했다. 2009년 약 900억 원, 2010년 1000억 원, 2011년 1200억 원 매출을 기록했다. 매출 1200억 원과 2000만 달러 수출은 국산 주방용품 브랜드로서는 전례를 찾아볼 수 없는 기록이었다. 해피콜의 이 같은 판매량은 집요한 성실 혹은 성실한 집요의 결과였다.

"해피콜 프라이팬의 인기는 우리 어머님들이 더 잘 아실 거예요. 이따가 후회하지 마시고 지금 빨리 전화 주세요."
"지금 콜이 쏟아지고 있어서 전화 연결이 매우 어렵다고 합니다."
"죄송합니다! 준비된 물량이 모두 매진입니다."

해피콜을 떠올리면 한껏 들뜬 쇼호스트의 목소리가 귓가에 울린다. 아파도 아픈 줄 모르게 만드는 소리였다. 요즘도 가끔 그때의 환호가 나를 한창 때의 기분으로 돌려놓곤 한다. 그 시절로 돌아가고 싶다는 건 아니다. 그저 기쁘게 추억할 수 있는 장면이라는 의미다. 그런 성취가 사람을 기분 좋게 만드는 건 부인할 수 없는 사실 아닌가.

브랜드명의
탄생

해피콜이란 브랜드명은 누구의 도움 없이 내가 직접 지은 것이다. 제조업을 하겠다고 마음먹었을 때 내 결심은 단 하나였다. '세상에 없는 제품을 만들자!' 물론 그런 제품을 만든다고 날개 돋친 듯 팔리는 건 아니다. 양면 팬의 운명도 그랬다. 마트나 백화점에선 별다른 반응이 없었는데, 이유가 있었다. 제품을 모르니까, 쓰는 방법을 모르니까.

해피콜은 홈쇼핑 시장을 단도직입으로 겨냥한 이름이었다. '행복을 부른다'는 의미에 '행복한 주문 전화를 걸어달라'는 의미를 포개놓은 것이다. 행복한 주문 전화를 끝도 없이 받고 싶은 마음을 고명처럼 얹은 셈이다. 해피콜은 내게 이름 그대로의 세상을 열어주었다.

대박 방송 실수와
초대박 프라이팬

       대박 신화에 가려 그렇지 홈쇼핑 첫 방송을 떠올리면 지금도 등줄기에서 식은땀이 흐른다. 세상 사람들은 아무도 기억하지 못할 테지만 나는 결코 그날의 아찔했던 순간을 잊을 수가 없다. 제아무리 열심히 연습을 해도, 제아무리 토스트 팬으로 현란한 장사 솜씨를 익힌 사람이라도 카메라가 대포처럼 늘어선 방송 현장 앞에선 온몸이 얼어붙기 마련이다.

       세상에 만만한 실전은 없는 법이다. 일단 방송에 앞서 쇼핑 호스트와 맞춰놓은 사인부터 삐걱대기 시작했다. 심지어 핵심인 달걀지단도 망쳐버렸다. 양면 팬을 뒤집으면 아랫면에 지단이 있어야 하는데 윗면에 붙어서 떨어지질 않았다. 불 조절을 제대로 못 한 것이다. 이런 엄청난 실수를 했으니 당황할 수밖에 없고, 당황한 탓에 준비한 코멘트를 제대로 하지 못했다. 그런 찰나에는 별별 장면이 파노라마처럼 떠오르기 마련이다. 토스트 팬을 들고 입도 뻥긋 못 하던 쌍문동 시절이 떠올랐고, 사람들을 모아놓고 다다구리 치던 시절, 최고 매출을 찍고 환호성을 올리던 시절이 차례차례 떠올랐다.

그때 나는 요리도 제대로 못 하고, 카메라도 제대로 못 보고, 준비한 코멘트도 싹 잊어버렸다. 이대로 프라이팬을 들고 뿅 사라져버릴까, 차라리 그게 낫겠다 싶기도 했다. 적어도 화젯거리는 될 테니까. 뒤통수가 따갑고 다리가 휘청거린 날, 비록 방송은 끝났지만 지옥은 끝나지 않은 날. 하지만 공교롭게도 세상에서 사라지고 싶던 그날의 엉망진창 실수 연발 틈에서 해피콜의 신화가 탄생했다.

3장 · 해피콜의 매직

홈쇼핑의
왕도

홈쇼핑에서 해피콜 신화를 쓸 수 있었던 건 단연 질 좋은 프라이팬 덕분이다. 그런 프라이팬을 더 많이 알리기 위해 나는 끊임없이 노력했다. 내가 해피콜의 오점이 될 수는 없는 일 아닌가. 이미 대박 실수를 한 터라 더 이상의 실수는 용납되지 않았다.

나는 직접 방송 대본을 쓰기로 했다. 해피콜 프라이팬에 대해 나보다 더 잘 아는 사람은 없을 테니까. 직접 쓴 대본을 외우고 또 외웠다. 쌍문동에서 토스트 팬을 팔 때처럼 차를 타고 이동하는 시간에도 손에서 대본을 놓지 않았고, 목욕탕에서 목욕할 때도 웅얼웅얼 대본을 외웠다. 직원들 앞에서 시연하고 어떤 부분이 잘 들리는지 어떤 부분이 이상한시 꼼꼼하게 피드백을 받았다. 분장실에서 방송 준비를 하는 동안에도 대본을 놓지 않았고, 방송 스튜디오에 들어가서도 마찬가지였다. 말 그대로 대입 시험을 앞둔 수험생의 자세로 살았다.

어떤 톤으로 방송할지도 미리 설정해두었다. 시청자들의 감정에 호소할지, 강연자처럼 설명을 중심에 놓을지, 웅변가처럼 감정을 최대한 끌어올려야 할지…. 잠을 자려고 눈을 감으면 대사가 눈앞에 떠다니곤 했다. 카메라에 불이 들어오기 전에는 시연할 테이블에 놓인 집기들의 위치도 꼼꼼히 체크했다. 숟가락, 젓가락 하나까지 내 손으로 직접 자리를 잡았다. 홈쇼핑 방송을 수백 번 하는 동안 나는 항상 같은 태도로 방송에 임했다. 사전에 완벽하게 연습하고, 방송이 시작되면 머릿속에 그려둔 장면을 고스란히 재현하는 데 집중했다. 홈쇼핑의 세계에서도 장사는 쇼다. 완벽하게 준비한 쇼!

97

꿈은
생필품이다

"꿈은 생필품이다."
언젠가 친구가 잡지에서 읽었다며
헐레벌떡 달려와 알려준 문구다.
외국 명품 브랜드 회장이 한 말이라는데,
듣는 순간 귀가 환해지는 기분이 들었다.
친구 역시 읽는 순간 내 얼굴부터
떠올랐다고 한다. '꿈'과 '생필품'과
'해피콜 프라이팬'이라는 단어가
찰떡같이 어울린다면서.
오로지 질 좋은 프라이팬을 만들기 위해
모든 걸 건 내게 해피콜은
꿈과 동의어였다. 그 꿈은 한순간도
내 곁을 떠난 적이 없었다. 곁에 두고
적절하게 쓰는 프라이팬 같은 꿈.
소박하지만 그래서 더 잡고 싶었던 꿈.

자전거와
세상의 정상

독립 후 첫 장사에서 나는 30만 원을 벌었다. 도깨비방망이를 팔 때는 하루에 300만 원도 벌어봤다. 하지만 AS 문제에 발목이 잡혀 2년을 못 채우고 장사를 접어야 했다.

그다음엔 칼갈이와 빙수기를 개발해 도매로 팔았다. 한 달에 칼갈이만 10만 개를 팔고, 1억 원 이상의 순이익을 냈다. 30~31세 때 일이다. 1년 동안 10억 원 이상을 벌었고, 이후 2년 동안 현금만 15억 원을 모았다. 그 돈으로 1999년 해피콜을 설립했다. 이후 2년 동안 제품을 만들면서 전 재산을 쏟아부었고, 은행에서도 돈을 빌렸다. 그마저도 부족해 형제들에게 보증을 부탁하고 돈을 더 투자했다.

그로부터 4년 후, 2003년에 다시 대박을 쳤다. 500억 원 매출에 순이익 100억 원. 돈 복사기를 달고 사는 기분이었다. 땅을 사고 공장을 지었고, 빚도 없었다. 그러다 회사 내부에 문제가 생겨 세무 조사를 받게 되었는데, 설상가상 파업까지 일어났다.

당시 나는 현금 보유액도 많았고, 부산 시내에는 1000평 부지에 2층짜리 공장이, 김해에는 작은 사무실이 딸린 4000평 땅이 있었다. 그 모든 것이 한순간에 허공으로 날아가버렸다. 평생 써도 남을 만큼 많

99

던 돈이 한순간에 날아가고, 7년 동안 고생한 일이 모래알처럼 흩어져버렸다. 한마디로 삶이 박살 난 것이다.

인생은 참으로 고약했다. 이제 곧 정상이구나 싶은 순간마다 나는 망했다. 그런 엄청난 파고를 겪으면서 사업이라는 건 가파른 정상을 자전거로 오르는 게임과 같다는 사실을 깨달았다. 죽을힘을 다해 페달을 밟지 않으면 언덕을 오를 수 없는 게임, 손에 잡힐 듯 보이는 산등성이만 넘으면 쉴 수 있을 것 같지만 막상 도착해도 자전거에서 내릴 수 없어 계속 페달을 밟아야 하는 게임.
정상에 오르는 건 엄청 고되지만, 망하는 건 순식간이라 손을 쓸 수 없다. 자전거는 앞바퀴가 돌부리에 걸려도 넘어진다. 힘이 빠져 페달을 구르던 발이 균형을 잃는 순간에도 넘어진다. 그러니 자전거에 올라탄 사람은 죽을 때까지 페달을 밟아야 한다.

나는 그런 게임의 극한에 내몰리다 자신의 한계를 인정하고 자전거에서 내려온 사람이다. 게임이 끝나면 세상도 끝나는 거라고 두려워하는 사람도 있지만, 세상은 전혀 그렇지 않다. 게임이 끝나면 새로운 게임을 시작하면 되는 것이다. 게다가 새로운 게임의 룰은 스스로 만들 수도 있다.

누가 내 치즈를 옮겼을까

　　스펜서 존슨Spencer Johnson의 우화집《누가 내 치즈를 옮겼을까?》는 내가 읽은 가장 인상적인 책 중 하나다. 누가 내 머릿속 생각을 이렇게 찰떡같이 책으로 옮겼을까 싶은 생각이 들 정도다.

　이 책의 주인공은 스니프와 스커리라는 두 마리 생쥐, 햄과 허라는 두 명의 꼬마다. 치즈가 가득한 창고에서 마음 놓고 치즈를 갉아 먹다가 결국 바닥 나는 걸 알아차린 생쥐와 그걸 몰랐던 꼬마들의 대비는 우리가 변화와 위기에 어떻게 대응해야 하는지 여실히 보여준다. 바보 같은 건 서로에게 책임을 떠넘기던 꼬마들인데, 그나마 허는 무엇이 문제인지 깨닫고 새로운 치즈를 찾아 떠난 반면, 햄은 치즈가 풍족하던 시절의 영광을 잊지 못하고 비참한 결말을 맞는다.

"누가 내 치즈를 옮겼을까?"

기업을 경영하면서 가장 많이 한 질문이다. 가령 히트 상품을 치즈라고 생각해보자. 기업이 승승장구할 때 우리는 대부분 착각에 빠진다. 치즈가 영원히 줄어들지 않을 거라는 착각. 기업의 부가가치는 점점 줄어들지만 그걸 객관적으로 인정하는 건 너무 어렵다. 어제도 오늘도 저렇게 엄청나게 물건이 팔려나가는데! 어제도 오늘도 저렇게 창고 안에 치즈가 가득한데!

양면 팬이야말로 줄어들지 않는 치즈 같았다.

첫해 45억 원어치를 팔았고, 이듬해 150억 원 매출을 달성했다. 3년 만에 매출 500억으로, 매해 300%씩 매출이 성장했다. 공장을 두 개 더 세웠고, 쉬지 않고 프라이팬을 만들었다. 치즈 공장은 늘 풍요로웠고, 그 치즈 창고 앞에선 조금은 여유를 부리며 취해도 될 것 같았다. 하지만 그런 마음이야말로 치즈가 만들어내는 착각이다.

단 하나의 히트곡만으로도 빛나는 가수가 있다. 하지만 그런 가수는 대부분 추억으로만 소환될 뿐이다. 노래는 추억 속에서 반짝거리고 아름다울 수 있지만, 제품은 과거의 영광이나 추억 속에 갇히는 순간 생명력을 잃고 만다. 일상 소모품은 일상에서 밀려나면 쓰레기통으로 직행할 뿐이다. 사업가에겐 그 빈자리를 다른 물건으로, 더 나은 물건으로 채워야 할 의무가 있다.

사업가라면《누가 내 치즈를 옮겼을까?》가 준 교훈처럼 반드시 두 번째 치즈를 찾아야 한다. 중국을 시작으로 일본과 유럽을 샅샅이 돌아다니면서 내가 만들어 팔 수 있는 물건을 찾아 나섰다. 중국 시장은 물건값이 너무 싸고, 일본과 유럽 시장에는 좋다는 제품이 이미다 나와 있었다. 내가 만들 수 있는 물건이 세상에 단 하나도 없을 것 같은 기분에 맥이 탁 풀렸다. 머리 좋고 돈 많은 사람들이 저만큼 앞서가는 것 같았다. 하지만 사업가라면 세상에 없는 제품을 찾는 일은 절대 회피해선 안 된다. 1년을 버틸 치즈, 그다음에는 3년을 버틸 치즈, 그다음에는 5년….

나는 프라이팬을 만들고, 직접 고기와 생선을 굽고, 어떻게 하면 더 잘 사용할 수 있을지 연구하는 사람이었다. 그러니 소비자의 불편을 가장 잘 안다. 프라이팬을 사용할 때 제일 불편한 건 요리할 때가 아니라 요리가 끝난 다음이다. 눌어붙은 프라이팬을 박박 문질러 닦을 수는 없다. 흠집이 생기니까. 따라서 불편을 해결하는 것 역시 나의 몫이었다. 두 번째 치즈 공장을 찾아 나서는 일이 사업가의 몫인 것처럼.

《누가 내 치즈를 옮겼을까?》가 각별한 이유는 끊임없이 새로운 치즈를 찾아 떠나야 하는 사업가의 숙명에 대한 우화로 읽히기 때문이다. 책 속에서는 생쥐가 고양이를 만날까 두려워하지만, 실제 생쥐 입장에서는 고양이를 만나는 것이야말로 죽음, 그러니까 절대적 실패와 직면하는 일이다. 길을 떠나다 강물에 휩쓸리기라도 하면 살아남을 수 있을까, 어둠을 통과하려면 어떤 자세로 임해야 할까, 미로에 갇히면 어떻게 탈출해야 할까….

사업가 입장에서 읽은 《누가 내 치즈를 옮겼을까?》의 독후감이다. **103**

추락의
법칙

　　홈쇼핑 신화를 갱신하며 나는 쉽게 넘볼 수 없는 높은 곳까지 가파르게 올라갔다. 매년 300%씩 성장했으니 정상이 어디인지 가늠조차 할 수 없었다. 하강이나 추락이라는 단어는 해피콜 사전에 없는 듯했다. 하지만 프라이팬 개발에 최선을 다하고 제품만 잘 팔면 그만이라는 생각은 반쪽짜리 경영법이었다. 그러기엔 회사 규모가 너무 급격하게 커지고 있었다.

　　사장이 직접 홈쇼핑에 출연하고 신제품 개발까지 챙기고 있었으니 몸이 열 개라도 모자랄 지경이었다. 물건을 만들고 파는 일에만 집중하고, 정작 회사의 성장을 받쳐줄 시스템을 제대로 갖추지 못한 탓에 여러 가지 문제가 동시다발로 터져 나왔다. 특히 형제처럼 믿은 지인에게 자금 관리를 맡긴 상황이 복잡하게 꼬이기 시작했다. 개인 자금과 법인 자금이 뒤섞이고, 세금 문제를 제대로 해결하지 못해 수정 신고를 반복해야 했으며, 심지어 돈을 **빼돌린**다는 소리까지 들려왔다. 설상가상 공장은 파업에 들어가 거침없이 잘 돌아가던 회사가 생산 라인부터 멈춰 선 것이다.

파업 첫날, 그날 아침은 아직도 기억에 생생하다. 여느 날처럼 출근은 했지만 바깥으로 한 발짝도 나갈 수 없었다. 모든 직원이 퇴근하고 날이 어두워진 후에도 우두커니 사장실에 앉아 있었다. 이런저런 나쁜 생각들이 수없이 머릿속을 스쳤다. 믿은 사람들이 한꺼번에 등을 돌린 그날은 내 인생에서 가장 힘들고 긴 하루였다.

국세청 고발과 검찰 조사가 2년 가까이 이어졌다. 벌금만 수십억 원, 피해액만 수백억 원이 발생했다. 회사는 하루아침에 빚더미에 올라앉았다. 그보다 더 참담한 건 사람들을 한꺼번에 잃어버린 거였다. 장사를 가르쳐준 선배, 함께 일했던 친구, 창업 멤버들, 형제 같았던 이들이 모두 등을 돌렸다.

다시는 사업을 하지 않겠다고 마음먹고, 실제로 공장을 인수할 사람을 찾아 나섰다. 공짜로 공장을 주겠다고도 했다. 하지만 제대로 공장을 운영할 것 같은 사람은 보이지 않았다. 이미 망한 회사라 적당히 장난치기 좋다고 생각했는지 사기꾼처럼 보이는 사람들만 꼬였다. 그런 사람을 걸러내는 것도 일이었다. 쿠쿠에서 인수 의사를 전해오기도 했는데, 그곳은 결국 프라이팬이 아닌 밥솥에 전념하겠다고 해 결렬되고 말았다.

그야말로 진퇴양난의 시기였다. 공장을 넘겨받을 마땅한 사람은 나타나지 않고, 그렇다고 공장을 버릴 수도 없었다. 그 와중에도 신제품

105

은 계속 개발 중이었다. 궁리한 끝에 부산에 있는 공장을 팔고 재고도 다 팔았다. 80억 원이 생겼다. 빚을 모두 갚고 사업을 그만둬야 할까? 빚을 일부만 갚고 재기를 도모해야 할까?

'나는 진심으로 해피콜을 그만하고 싶었다.'
'나는 진심으로 해피콜을 잘하고 싶었다.'
사실 이 두 가지 마음은 하나였고, 내 안에 동시에 살고 있었다. 나는 세상 거의 모든 사람으로부터 '재기 불능' 선고를 받은 상태였다. 돈 버는 데는 이골이 난 사람이었고, 모든 이가 등을 돌려 세상에 혼자 남은 사람이었으며, 그토록 그만두고 싶었던 해피콜에 남은 마지막 사람이었다.

처절한 고민 끝에 결론을 내렸다. 빚을 일부만 갚고 남은 20억 원으로 재기를 도모하자. 나는 모든 걸 잃은 자리에서 다시 하나씩 시작해야 했다.

블루
크리스마스

2007년 12월 23일, 비현실적인 크리스마스를 맞게 될 거라는 걸 직감한 날.

12월 한 달 사이에 나는 공장을 하나만 남기고 모두 팔아치웠다. 회사도 부산에서 김해로 옮기기로 했다. 회사를 시작한 지 8년 만에 가장 높은 곳까지 올랐다가 곤두박질쳤는데, 하필이면 크리스마스를 코앞에 둔 때였다. 공장 사무실은 깊은 어둠으로 꽉 들어차 있었다. 그곳에 홀로 남아 짐을 주워 담았다. 내가 챙길 수 없는 짐은 지난 세월 내가 쏟아부은 시간과 의지했던 사람들이었다. 공장을 지을 때만 해도 언제까지나 영광만 있을 줄 알았건만…. 그날 나는 어둠 속에서 지난 세월의 그림자와 정면으로 마주하고 있었다.

다음 날 트럭에 짐을 싣고 마지막으로 공장을 둘러보았다. 말로 표현할 수 없는 심정이 어떤 것인지 뼛속까지 느꼈다. 단 한 번도 상상해보지 않은 일이었다. 지독하게 외로웠고, 그런 감정이 모두 현실이라는 게 정말 믿기지 않았다. 사업은 그런 믿기지 않는 순간까지도 지극

히 현실적인 과정으로 만들어버렸다. 세상에서 가장 잔인한 드라마
가 바로 사업이다.

말이 회사 이전이지, 길바닥에 나앉는 것과 다르지 않았다. 김해 변
두리에 헐값으로 땅을 사 컨테이너 창고를 하나 만들었다. 사무실로
쓸 공간이었다. 영점에서 시작하기로 했으니 비와 바람만 피할 수 있
다면 어디든 짐을 부릴 작정이었다.
부산에 있던 400평 공장 사무실에서 쓰던 짐을 챙겼는데, 새로 시작
할 현실은 김해의 12평짜리 컨테이너 한 칸이라니! 창고도 없어 흙바
닥에 비닐을 깔고 산더미 같은 짐을 부려놓았다.

하늘에서 가는 눈발이 날렸다. 차가운 겨울바람이 사방에서 몰아치
며 온몸을 할퀴는 것 같았다. 나는 패잔병이었다. 아니 모든 걸 몰살
당한 전장에서 겨우 목숨만 건진 장수였다. 깊은 어둠과 칼날 같은
겨울바람 속에서 내가 떠올린 생각은 딱 한 가지였다.

모두에게 보여주겠다!
어떤 일이 있어도 다시 할 수 있다는 걸 증명해 보이겠다!
더 이상 물러설 곳이 없다!
여기가 벼랑 끝이니까.

창고 바깥에 부려놓은 짐이 젖을까 커다란 비닐 포장을 덮어 씌우는데 손끝이 아렸다. 짐을 단단히 동여매는 동안 마음속에서는 시린 감정이 뜨겁게 올라왔다. 버티고 선 두 다리가 부들부들 떨렸다. 세상에서 가장 우울한 크리스마스였다.

3장 · 해피콜의 매직

가난의
기억들

　　추락을 인정한 순간 가장 먼저 떠오른 것은 유
년 시절의 기억이었다. 다시, 가난의 기억이었다.

경남 거창에 살던 우리 가족이 부산 해운대 좌동으로 거처를 옮긴
건 내가 고등학교를 졸업한 후였다. 당시 좌동은 대부분 논밭이거나
미나리밭이었다. 부모님이 시골 살림을 모두 정리하고 손에 쥔 돈은
채 200만 원이 안 됐다. 아버지는 막일을 시작했고, 어머니는 콩나물
공장에 다녔다. 동생들은 제각각 금형 공장과 신발 공장, 나는 주물
공장으로 출근했다.

이사도 여러 번 다녔다. 좌동 다음엔 주례 냉정으로 이사했는데, 철
길 빈민촌이었다. 당시 나는 면회도 편지도 없는 군 복무 중이었다.
입대 1년 만에 첫 휴가를 나와 집을 찾아갔지만, 그곳엔 아무도 없었
다. 따로 나가 살던 형 역시 이사를 한 후였다. 이제 막 휴가를 나온
군인이 가족을 찾아다니는 심정은 이루 말로 표현할 수가 없다. 다행
히 늦은 밤 형과 연락이 닿았고, 다음 날 일찍 부모님이 계신 집으로
찾아갔다. 부모님은 맨발로 뛰쳐나와 나를 부둥켜안고 울었다.

도시로 떠나온 가난한 사람들은 단번에 정착할 수 없는 법이다. 월세에서 시작해 반전세, 그리고 전세. 우리 가족은 그렇게 도시 빈민의 유목 행로를 그대로 따르고 있었다.

제대하고 사흘 만에 작은 회사에 취직을 했다. 그리고 한 달 후부터는 포장마차 일도 겸했다. 당시 다니던 회사 월급이 28만 원이었는데, 친구들은 훨씬 더 많은 월급을 받고 있었다. 퇴근한 뒤부터 새벽 1시까지 포장마차에서 장사를 하고, 아침 9시부터 저녁 5시까지 회사 일을 했다. 노동 후의 노동, 고된 시간이었다. 남들보다 더 벌기 위해서가 아니라 남들만큼 벌기 위해 그렇게 일해야 했다.

반년쯤 하던 포장마차를 그만둔 건 노점상 단속 때문이었다. 단속반이 포장마차를 부수면 항의하고 싸우는 일이 반복되면서 더 이상 장사를 지속할 수 없었다. 그런 과정들이 기어이 나를 서울로 밀어 올렸다. 부산 말고, 부산보다 더 큰 도시에서 더 좋은 기회를 만들어보고 싶었다. 하다못해 막노동 자리도 서울이 훨씬 더 많을 테니까. 서울에서 맨 처음 찾아간 곳은 민통선 군인아파트 공사 현장이었다. 이곳에서 일하다 보면 리비아나 사우디 같은 곳으로 갈 수 있지 않을까 기대도 했다. 하지만 그때 중동으로 가는 티켓을 택했다면 지금의 해피콜 라이프는 존재하지 않았을 것이다. 생각해보면 진작부터 나는 인생을 통째로 걸고 벼랑 앞에 서 있었다.

111

생의
희극과 비극

　　도깨비방망이 장사가 망했을 때 나는 망설임 없이 다시 거리로 나갔다. 서울 도매시장에서 티스푼을 받아 부산 일대에서 목청이 터져라 다다구리를 쳤다.

당시 아내는 출산을 앞두고 있었다. 두고두고 미안한 일이지만, 서울과 부산을 오가며 눈코 뜰 새 없이 바쁜 생활을 하던 터라 출산이 임박한 아내와 병원에도 함께 갈 수 없었다. 아내는 처형과 함께 병원을 찾아 아빠 없이 첫딸을 낳았다. 아이가 세상에 나왔다는 소식을 삐삐로 들었지만, 늦은 저녁 일을 끝내고야 병원에 달려갈 수 있었다. 자정을 넘겨 병원에 도착한 나는 산부인과 문을 쾅쾅 두드리며 통사정을 했다. 눈도 못 뜬 딸아이 얼굴을 겨우 마주하게 되자 마음이 뭉클했다. 퉁퉁 부은 아내의 손을 잡고 고생했다고 말하는 순간에는 목구멍이 아파왔다. 말로 다 꺼내지 못한 미안함과 안쓰러움이 뒤섞여 있었다.

하지만 미안함과 기쁨도 잠시, 호주머니 속 삐삐가 울렸다. 아버지가 위독하다는 내용이었다. 아버지는 위암이 간암으로 전이된 상태였는데, 형편이 형편이다 보니 돌볼 겨를이 없었다. 딸의 탄생을 기뻐할 새도 없이 이번에는 아버지에게 달려갔다. 의식이 없고 간신히 숨만 붙어 있는 상태였다. 아버지가 투병을 하는 중에도 우리 가족은 모두 자기 일터에서 일을 하고 있었다. 아버지는 홀로 암과 싸워야 했다. 그 와중에 다섯 형제가 1만 원, 2만 원씩 드린 용돈을 차곡차곡 통장에 모아두셨다. 아버지는 베개 아래 간직한 통장을 형에게 쥐여주었다고 한다. 자신의 장례비에 쓰라는 말씀과 함께. 통장에는 200만 원이 들어 있었다.

그날의 모든 장면이 날카로운 칼날이 되어 심장을 베는 것 같았다. 내가 조금만 더 빨리 재기했다면, 아버지가 조금만 더 견뎌주셨더라면…. 돌이킬 수 없는 후회의 시간들이 마음에 사무쳤다. 나는 첫딸이 태어난 날 아버지를 잃었다. 삶의 기쁨과 비극이 바통 터치를 하면서 나를 휘감았다. 신이 있다면, 내 삶을 더 깊게 뿌리내리고 더 단단하게 만들어달라고 기도하고 싶은 밤이었다.

다이아몬드 팬과
비상

양면 팬을 만들 때 나는 이미 출발한 달리기 시합에 뒤늦게 새로 뛰어든 기분이었다. 그리고 다이아몬드 팬을 만들 때 나는 넘어진 자리에서 다시 일어나 달리는 기분이었다.

전자에 비하면 후자가 훨씬 고통스럽고 괴롭고 외롭다. 후자의 등판에는 '새로 시작하는 사업가'가 아닌 '망한 사업가'라는 등 넘버가 새겨져 있다. 망한 사업가는 매일매일의 거절에 익숙해져야 한다. 해피콜 사은품을 만들던 협력 업체를 찾아가 해피콜이 재기하면 다시 물건을 만들어달라고 부탁했다가 비웃음만 사고 돌아온 적도 있다. 마트와 백화점 매대에서 해피콜 상품을 팔아보려 애썼지만, 돌아온 대답은 하나같이 "노!"였다. 손 내미는 곳마다 거절당하는 심정은 경험해보지 않으면 알지 못한다. 사업가는 제단처럼 높아가는 거절 위에서 꿋꿋이 버텨야 한다. 죽을힘으로 버틴다는 말은 그럴 때 쓴다.

그렇게 거절에 점점 익숙해지던 어느 날, 한 마트에서 행사를 기획해주었다. 일단 물건을 가지고 장사를 해봐라, 팔리는 만큼 대우해주겠다, 이런 뜻이었다. 마다할 이유가 없었다.

길에서 잔뼈가 굵은 장사꾼에게 마트는 잘 차려진 밥상에 가깝다. 무엇보다 물건이 좋으니 더 자신 있었다. 망한 회사라고만 생각해 대수롭지 않게 여기던 마트에서는 행사 상품으로 해피콜 제품이 팔려나가는 걸 보더니 눈이 휘둥그레졌다. 그러자 다른 지점에서도 행사를 하겠다고 나서는 일이 벌어졌다. 나중에는 내가 직접 커버할 수 없을 정도로 요청이 쇄도했다. 길바닥에서 장사 좀 했다는 사람들을 불러 모아 대타를 뛰게 할 정도였다.

하지만 그것도 한계가 있었다. 손이 너무 모자랐다. 생산 파트를 제외한 모든 직원이 현장으로 나가야 했다. 장사 한 번 해본 적 없는 관리 파트 직원들이었다. 장사 경험이 없는 직원들을 위해 아침 일찍 판매용 매대를 설치하고, 낮에는 제품 판매를 위한 시연 등을 하며 판매 방법을 알려주고, 저녁에는 직접 물건을 배달하느라 24시간이 모자랐다. 쉬는 날도 없이 하루 몇백 킬로미터를 달리고 또 달렸다. 하지만 힘든 줄 모르고 달렸다. 처음 해보는 장사라 부끄러울 수도 있었을 텐데, 한마음 한뜻으로 움직여준 직원들 때문이었다. 매대 앞에서 손님을 끌어모으려고 프라이팬에 달걀프라이를 하는 모습은 지금까지도 내 마음을 울컥하게 만든다.

백 번 잘해도 한 번 못하면 돌아서는 게 사람 마음이다. 그때 나는 사람의 마음을 붙들 자신이 없었고, 그런 이유로 삶의 동력을 얻지 못하고 있었다. 하지만 다시 나를 일으켜 세운 것 역시 사람이었다. 바로 우리 직원들. 그 마음의 온기를 밑천 삼아 다시 프라이팬 연구에 매진했다. 그리고 3년 뒤, 다이아몬드 팬이 탄생했다.

지장, 덕장, 용장

흔히 신문에서 스포츠 감독의 캐릭터를 분류할 때 쓰는 말이 있다. 지장智將, 덕장德將, 용장勇將. 원래는 《손자병법》에 등장하는 장수의 유형이라고 한다. 용장은 말 그대로 용맹하고 추진력이 강한 리더, 지장은 지략과 견문을 갖춘 전략가 스타일, 덕장은 따뜻하고 부드러운 이미지의 리더다. 나는 굳이 이름을 붙이면 용장과 지장의 짬뽕인 것 같다. 불도저 스타일 장수를 이르는 적당한 말이 있으면 더 좋겠지만 말이다.

나는 어떤 일을 도모하든 중간에 멈추는 법이 없다. 3년이 걸리든 5년이 걸리든 끝을 봐야 직성이 풀린다. 일을 하는 것 이상으로 준비를 완벽하게 끝마치는 것이야말로 훨씬 중요한 단계다. 어떤 일을 선택하기 전에 최대한 많은 사람에게 의견을 듣는다. 혹시 빼먹은 게 없는지 꼼꼼하게 체크한다. 일에 돌입하면 아무리 신뢰하는 사람이라 해도 꼼꼼하게 과정을 확인하고 끝까지 결과를 챙긴다. 모든 일에는 100을 쏟아부어 낭패를 보는 경우는 없다.

117

상품 디자인과
상품 너머 디자인

강범규 교수는 2002년 양면 팬이 크게 히트하던 시기에 만났다. 양면 팬 디자인을 의뢰한 결과물이 마음에 쏙 든 나는 아예 그를 회사로 모셔오고 싶었다.

첫 인연을 맺고 2년이 흐른 뒤, 정식 스카우트 제의를 했다. 고맙게도 강 교수는 "회사의 디자인 시스템이 잡힐 동안"이라는 단서를 달고 제의에 응했다. 문제는 학교였다. 강 교수의 사직을 대학 총장이 한사코 만류하고 나선 것. 그리하여 조율을 거쳐 묘수를 찾았다. 학교를 사직하는 대신 휴직한 뒤 합류하는 것.

하지만 상상도 못 한 일이 벌어진 건 그 직후였다. 어렵게 디자인 연구소장으로 모셔온 뒤 얼마 지나지 않아 회사에 문제가 생긴 것이다. 국세청 조사와 파업 등 악재가 이어졌다. 회사는 풍비박산이 났고 모든 게 멈춰버렸다. 내 입장은 난처함 자체였고, 강 교수 입장은 애매함 자체였다. 그나마 다행인 건 사직이 아닌 휴직 상태라 학교로 돌아갈 수 있다는 점이었다.

서로 곤란해진 상황에서 벌어진 '아름다운 다툼'을 나는 아직도 기억한다. 강 교수는 내가 스카우트 비용으로 드린 돈의 일부를 돌려주겠다고 했다. 난 깜짝 놀랐다. 불가항력의 상황에서 미안한 맘이 컸던 나는 오히려 돈을 더 드릴 생각을 하고 있었기 때문이다. 우리는 적지 않은 돈을 서로 주겠다고 다투었다. 그래서 또 묘수를 찾아야 했다. 고민 끝에 강 교수에게 제안할 아이디어 하나가 떠올랐다. 그가 추진하던 온라인 사업에 '서로 받지 않겠다고 다투던' 돈을 투자하고, 강 교수가 직접 운영하면 어떻겠냐는 제안이었다. 회사 이름도 지었다. 선물이라는 뜻을 가진 '프레젠트'. 그렇게 시작한 회사는 아이디어 상품을 개발하면서 1년에 10억 원 넘는 이익을 내고, 현재는 100억 원 이상의 가치를 평가받는 100배짜리 회사로 성장했다.

지분을 반반 나누고 20년 가까이 진행형으로 운영 중인 이 회사는 서로가 작은 이익을 탐내지 않았기에 이뤄낸 결실이다. 나는 스스로 벌여놓은 판에서 사람과 일에 최선을 다하고 책임지는 방법을 찾았고, 강 교수는 도의와 선의에 충실했다.

온라인 판매회사 설립과 함께 나는 강 교수에게 해피콜 전속 디자이너 자리도 제안했다. 그가 재직 중인 동서대학교에 디자인 연구 센터를 만들고, 해당 센터의 디자인 연구원들은 전적으로 해피콜 제품만 디자인하는 조건이었다. 연구소 비용과 장학금은 내가 대기로 했다. 디자인이라는 열쇠 말로 맺은 인연은 한 해도 거르지 않고 미국·독

119

일·홍콩·중국의 디자인과 전시장을 함께 둘러보는 관계로 이어졌다. 강 교수와 제자들까지 동행하는 디자인 투어는 앞만 보며 달리던 사업가에게 새로운 미감과 안목을 심어주었다. 다양한 디자인을 보고, 그걸 토대로 연구하고 치열하게 토론하며 보낸 시간을 되돌아볼 때면 지금도 가슴이 두근거린다.

디자인은 현실과 상상 그 사이에서 태어난다. 나는 반짝거리는 아이디어가 구체성을 띤 제품으로 눈앞에 구현되면 아이처럼 신나곤 했다. 물건을 파는 것과는 사뭇 다른 즐거움이 디자인 개발에 있었다. 그 즐거움을 실컷 누렸다.

훗날 해피콜은 세계적 디자인 회사 탠저린Tangerine과 계약하고 더 많은 디자인 작업을 진행하게 된다. 디자인 공부라는 즐거움을 실컷 누린 결과였다. 그렇게 디자인적 도약을 거치는 과정에서 해피콜의 자기 갱신은 자연스러운 수순이었다.

디자인
공부

"디자인design은 '지시하다' '표현하다' '성취하다'는 뜻을 지닌 라틴어 데시그나레designare에서 비롯됐다. 디자인은 추상적인 것이 아닌, 주어진 목적을 조형적으로 빚어내는 과정이라 볼 수 있다." <경향신문> 2020.12.23

모든 물건은 사람 손에서 빚어져서 사람 품에 안기게 된다. 좋은 물건을 만드는 건 물건을 쓰는 사람에 대한 관심에서 출발한다. 그렇게 만든 물건을 고객에게 팔고 고맙다는 말을 들으면 그야말로 최상이다.
단, 거기서 노력이 끝나면 안 된다. 예전의 디자인은 단지 보기 좋게 만드는 것, '미'를 살리는 것이었다. 지금의 디자인은 거기서 멈추지 않고 제품의 생산성과 경쟁력까지 고민한 결과다. 소비자가 필요로 하는 아이디어를 더하고, 마케팅까지 미리 계산에 넣은 결과다. 최고의 디자이너는 마땅히 천재라고 생각하는 이유가 이것이다.
물건을 잘 팔고 싶다면 물건을 작품으로 보이게 하는 노력이 필요하다. 물건을 사는 고객에게 제품 이상의 가치를 안겨줄 수 있다면 그보다 더한 기쁨은 없을 것이다. 디자인의 힘이다.

121

다이아몬드
'이빠이'

열전도율이 높고, 음식물이 눌어붙지 않는 팬! 다이아몬드 팬은 꿈의 프라이팬이었다. 이 팬을 만들기 위해 나는 3년 동안 부산대학교와 공동 연구에 돌입했고, 모든 에너지를 쏟아부었다. 그렇게 만든 팬을 팔기 위한 전략도 최선을 다해 수립했다.

당시 홈쇼핑은 과거의 재래시장과 지금의 온라인 스토어를 잇는 가교 역할을 했다. 실제로 홈쇼핑이 새로운 판로로 가능성을 보이던 초창기에는 노상에서 활약하던 상인을 많이 영입했다. 장사를 오래 한 사람들의 내공은 실로 엄청나기 때문이다. 시장이든 홈쇼핑이든 가리지 않고 판만 깔리면 무엇이든 팔아치우는 사람들의 장사 솜씨는 하루아침에 만들어진 게 아니다.

상인들 사이에는 이런 말이 있다. "진짜 장돌뱅이는 품목을 가리지 않는다!" 장사꾼은 고객을 어떻게 설득할지, 어떤 장점을 부각할지 물건에 맞춰 고민한다. 다이아몬드 팬을 양면 팬 이상으로 팔기 위해 나는 특별한 게스트를 섭외했다. 장사 잘하기로 소문난 상인을 섭외해 집부터 구해주고 특훈에 들어갔다.

다이아몬드 팬은 고급 원자재로 만들었고, 개발 비용이 많이 들어간 제품이었다. 단가가 비싸다는 뜻이다. 가격이 비싼 만큼 소비자의 반응이 나타날 때까지 최소한 다섯 차례는 방송을 해야 할 것 같았다. 예상한 대로였다. 가격 때문인지 첫 방송에서는 생각만큼 매출이 오르지 않았다.

실망한 건 다이아몬드 팬을 방송한 홈쇼핑이었다. 급기야 내가 훈련시킨 게스트를 방송에서 빼기로 했다. 쇼핑 호스트가 파는 게 낫겠다고 판단한 것이다. 내가 극구 반대했지만, 결국 쇼핑 호스트만으로 방송을 진행했다. 내 예상대로 결과가 좋지 않았다. 게스트의 필요성에 대해 거듭 강력하게 주장했다. 그런데 게스트가 스스로 그만둬버렸다. 자신이 없다면서. 그가 생각하기에도 다이아몬드 팬은 가망이 없어 보인 모양이었다. 통사정을 했지만 냉담하게 돌아선 그를 붙잡아 앉힐 순 없었다. 반년 넘게 훈련을 거듭하며 투자한 모든 것이 허사가 되고 말았다.

당장 다음 날 예정된 라이브 방송이 펑크 날 위기에 처했다. 급박한 상황 탓에 준비도 안 한 내가 직접 방송에 나갈 수밖에 없었다. 단가로 토스트 팬을 팔던 솜씨, 홈쇼핑에서 양면 팬을 품절시킨 솜씨. 그런 장사꾼의 본능을 앞세워 몇 년 만에 카메라 앞에 섰다. 심호흡을 크게 했다. 홈쇼핑 신화를 새로 쓰면서 꼭 도약하고 말리라.

쇼핑 호스트가 유려한 화술로 해피콜과 다이아몬드 팬을 멋지게 소개했고, 뒤이어 내가 근사하게 시연을 할 차례였다. 카메라에 불이 들어왔고, 피디의 사인이 떨어졌다.

"큐!"

시연을 시작했다. 중간에 가스레인지를 켜는 장면에서 결정적인 대사가 튀어나오고 말았다.

"자, 그럼 가스를 이빠이 틀고!"

아뿔싸! '이빠이'라니….

해피콜
'이빠이'

　　나는 사투리 억양이 무척 심한 사람이다. 요즘 말로 비방용 캐릭터인 셈이다. 그럼에도 양면 팬 최고 매출을 올릴 수 있었던 건 심의에 걸릴 만한 결정적 실수가 없었기 때문이다. 그런데 재기하기 위해 다이아몬드 팬을 팔러 나온 중요한 순간에 억센 사투리 정도가 아니라 일본 말 '이빠이'를 터뜨리다니!

쇼핑 호스트가 순발력 있게 웃음으로 무마했지만, 그렇게 어물쩍 넘어갈 일이 아니었다. 경고를 받는 게 당연했다. 최악의 재난 상황은 두 번이나 더 이어졌다. 준비 없이 들어간 방송에서 긴장까지 한 탓에 문제적 그 단어를 연달아 입에 올린 것이다. 평소에 입에 달고 살던 단어라 아무 생각 없이 튀어나왔다. '이빠이!' 그리고 '이빠이!'.

그때까지 세 차례 방송을 진행했고, 두 번의 방송이 남은 상황이었다. 담당 피디는 나를 빼고 두 명의 쇼핑 호스트만으로 방송을 하겠다고 선언했다. 남은 기회를 살려 대박을 치겠다는 계획에 찬물을 끼얹는 발언이었다.

"한 번만 믿어주이소. 진짜 잘할 수 있다 안 합니꺼."

절대로 실수하지 않겠다고 피디의 바짓가랑이를 붙잡고 늘어졌다. 속으로는 이를 악물었다.

'두고 봐라. 방송을 더 하자고 매달리게 만들어주마!'

사무실에서, 차 안에서, 심지어 자는 시간을 쪼개가며 죽어라 연습하고 또 연습했다. 방송을 위해 분장을 하는 중에도 입으로는 쉼 없이 대사를 반복했다.

홈쇼핑이 아니면 어디서 이 물건들을 팔아치울 것인가! 간절하지 않으면 아무것도 얻을 수 없다. 그리고 그런 간절함은 결정적 순간에 통하게 마련이다. 방송을 하다 보면 생각 이상으로 잘된다는 감이 올 때가 있다. 방송 사고를 낸 직후의 방송이 딱 그랬다.

감은 적중했다. 그토록 기다린 주문 콜이 '이빠이' 쏟아졌다. 또 다른 신화의 시작이었다. 다이아몬드 팬은 2008년부터 3년 연속 매출 1등 자리를 지켰다. 해피콜 창사 이래 최고의 히트 상품이 탄생한 것이다.

해피콜 성공의
7법칙

첫째, 세상에 없는 제품을 만들어라.

때로 소비자는 어떤 제품이 필요한지 잘 모른다. 그리고 그것은 소비자의 역할도 아니다. 소비자는 불편한 점을 인식하면 이 제품에서 다른 제품으로 옮겨간다. 여기서 만드는 사람이 해야 할 일이 생긴다. 양면 팬을 시작으로 국물이 넘치지 않는 냄비, 세울 수 있는 뚜껑, 다이아몬드 코팅 팬, 진공 냄비까지 모든 제품이 그렇게 탄생했다.

둘째, 소비자에게 꼭 필요한 제품이어야 한다.

모든 제품은 소비자 입장에서 판단해야 한다. 나는 언제나 주부 소비자의 의견을 가장 먼저 듣고, 가장 나중까지 들었다. 그들은 단지 의견을 제시하거나 컴플레인을 하는 사람이 아니다. 내가 만들어야 하는 제품의 아이디어 제공자들이다. 소비자의 시선에 공감하지 못하면 좋은 물건을 만들 수 없다. 양면 팬을 만들던 시절부터 우리에겐 주부 평가단이 있었다. 아내의 친구들과 40명의 지인으로 평가단을 꾸려 주기적으로 미팅을 했다. 제품을 만들면 아무 설명 없이 나눠주고 써보게 했다. 그들은 편견 없이 제품에 대한 의견을 들려

127

주었다. 단, 의견을 낼 때는 조건이 있었다. '말이 되든 안 되든 자유롭게 이야기할 것!' 현실적으로 개발이 어려운 제품도 고객의 가장 솔직한 욕망에 귀 기울여야 한다. 그들의 요구는 무엇 하나 허투루 듣지 않았다.

"무게가 가볍고, 요리가 타지 않는 프라이팬은 왜 없나요?"

"어떤 음식도 골고루 익히는 냄비를 만들어보세요!"

셋째, 최고의 품질을 만들어라.

소비자의 상상 속 제품을 구현하려면 돈이 들게 마련이다. 그 돈을 아끼고 싶다면 간단한 방법이 있다. 아무것도 만들지 않으면 된다. 나는 가장 좋은 원료가 있다면 아무리 비싸도 반드시 그 원료를 사용했다. 프라이팬 코팅에 필요한 플래티넘은 미국 듀폰사의 것이 제일 좋다. 하지만 한국 지사에서는 원료를 공급해주지 않았다. 자신들의 설비 기준에 맞아야 하고, 장기간 거래 실적이 있어야 하는 등 까다로운 조건에 가격도 비쌌다.

나는 포기하지 않고 세 번 찾아갔다. 본사에 문의는 해봤나, 해보지도 않고 안 되는 이유만 열거하는 이유는 무엇인가, 왜 계속 싸구려 원료만 팔려고 하는가…. 온갖 질문과 접촉으로 설득하고 압박하고 사정했다. 결국 제품을 만들어 미국 본사에 보낸 후 합격 판정을 받아냈다. 문제는 7배나 비싼 가격이었다. 가격을 낮춰달라고 끈질기게 설득했다. 결국 4~5배 수준으로 최고급 원료를 받는 데 합의했다.

프라이팬을 만드는 데 필요한 또 하나의 공정은 단조다. 제품을 가볍고 탄탄하게 만들려면 꼭 필요한 작업이다. 나는 단조 실력이 제일 좋은 회사 사장님을 5년이나 설득했다. 명절마다 찾아갔고, 틈만 나면 내가 만들고 싶은 제품을 어필했다. 결국 그를 우리 회사 임원으로 스카우트하는 데 성공했다.

넷째, 제품 개발은 쉼 없이 미리미리 준비해라.

신제품은 필요할 때 만드는 게 아니다. 필요하기 전에 만들어야 한다. 신제품 출시를 미리 계획하지 않으면 시장에서 금세 뒤떨어진다. 그러기 위해선 연구와 개발에 집중 투자해야 한다. 해피콜은 1년, 3년, 5년, 10년 후의 계획을 세우고 신제품 출시를 위해 상시적으로 소재 개발을 했다. 연구소에서는 주부들이 매일 100~300개의 달걀프라이를 만들었다. 꾸준히 장기적으로 준비하지 않으면 일련의 변화를 체크하고 테스트하는 게 불가능하다. 현재의 연구가 미래의 먹을거리가 된다. 오늘을 어떻게 살았는가가 결국 내일의 회사를 좌우한다.

다섯째, 최고 디자인과 최고 디자이너를 찾아라.

디자인은 제품의 생명이다. 사람들이 첫눈에 반한다고 할 때 열이면 열 모두 디자인에 반한 것이다. 첫눈에 사람 마음을 사로잡는 것만큼 중요한 건 없다. 사람은 오래 두고 보면서 첫인상을 교정하기도 하지만, 제품은 첫눈에 제품의 운명이 결정된다.

재기를 노리며 가장 먼저 강범규 교수를 수장으로 한 디자인 연구 센터를 만든 것도 그런 이유에서였다. 거기에 만족하지 않고, 카이스트의 배상민 교수를 만나 고견을 듣기도 하고, 여러 디자인 회사와 접촉해 의견 수렴하기를 마다하지 않았다. 그 과정에서 영국의 톱 디자인 회사 탠저린과도 인연을 맺었다. 탠저린은 대한항공, 삼성, 애플 등 세계 유명 기업과 일하는 회사다. 해피콜은 명함도 내밀 수 없다는 의미다. 대기업 일감만으로도 차고 넘치는 회사가 한국의 중소기업을 신경 쓸 이유는 하나도 없었다. 비용도 문제였다. 하지만 최고 디자인을 만들고 싶던 나는 포기하지 않았다. 다행히 중소기업을 디자인으로 육성해야 한다는 생각을 품고 있던 이돈태 탠저린 대표이사의 마인드 덕분에 하늘 같은 기회가 왔다. 이돈태 대표이사와는 지금까지도 그때의 고마움을 잊지 않고 서울과 공작산을 오가며 인연을 이어가고 있다.

여섯째, 모든 수단과 방법을 동원해 잘 팔아야 한다.

해피콜은 처음부터 정확히 홈쇼핑을 겨냥했다. 무엇보다 잘 팔고 싶었기 때문이다. 제품을 멋지게 만들고도 남들이 알아줄 때까지 기다리는 건 장사꾼의 자세가 아니다. 상품은 잘 만드는 것 이상으로 소비자가 잘 쓰는 것이 중요하다. 나는 프라이팬을 들고 전 세계를 다녔다. 일본, 중국, 태국, 베트남, 필리핀 등 가까운 나라부터 인도, 두바이, 브라질, 캐나다까지 다니지 않은 대륙이 없었다. 현지 방송에 내가 직접 출연해 판매 현장을 진두지휘했다. 디다 구리와 단가를 치던 장사꾼의 마음으로 세계를 상대로 프라이팬을 팔았던 것이다.

일곱째, 마지막 5%까지 최선을 다해라.
이 명제가 가장 중요하다. 최선을 다해 물건을 만들고, 최선을 다해 상품을 판매하되, 마지막 5%까지 얼마나 완벽을 기하느냐에 따라 상품의 클래스가 달라진다. 물론 개발부터 제품 출시까지 95%의 에너지를 발휘하는 것도 대단한 일이다. 하지만 마지막 5%까지 최선을 다하면 50배, 100배의 매출 상승으로 이어질 수 있다. 사람들이 전폭적으로 신뢰하는 상품은 그 마지막 5%에서 판가름 난다. 95%까지 달리는 것보다 마지막 5%의 스퍼트가 훨씬 어렵다. 성공은 그 고비를 넘겼을 때 가능하다.

이것이 내가 직접 몸으로 체득한 일곱 가지 법칙이다.

1가구 '최소'
1해피콜

프라이팬은 테팔, 블렌더는 바이타믹스, 냄비는 휘슬러. 주부들에겐 쉽게 무너뜨릴 수 없는 아성의 주방용품 브랜드가 있다. 직접 써본 사람들 사이에 널리 퍼진 입소문은 거대한 장벽과 같다. 그걸 뚫고 시장에 진입하기란 그야말로 하늘의 별 따기다. 식상한 이야기지만 끊임없는 업그레이드만이 살길이다.

다이아몬드 프라이팬이 인기를 끌기 시작하자 양면 팬의 인기가 시들해졌다. 이럴 때는 미루지 말고 제품을 업그레이드해야 퇴물이 되지 않는다. 양면 팬의 유일한 단점은 위아래 팬을 잡아주는 고리가 쉽게 망가지는 거였다. 고민 끝에 고리형 결속 장치를 자석으로 바꾸는 아이디어를 떠올렸다. 당연히 비용이 드는 일이었다. 가격을 알아보니 자석 하나에 2500원, 두 개를 달아야 하니까 5000원이었다. 현실적으로 터무니없는 가격이었다. 하지만 이윤이 최대 목적인 비즈니스에서도 손실을 감수해야 할 때가 있는 법이다. 나는 자석을 단 프라이팬을 내놓기로 결심했다.

무모한 결정이었지만 제품을 출시하고 나니 해결책이 자연스럽게 따라왔다. 자석 하나를 500원에 공급하겠다는 업체가 등장한 것이다. 업체끼리 경쟁이 붙었다. 자석 하나 값이 200원까지 떨어졌다. 똑같은 자석이 2500원에서 200원이 된 셈이다. 잘 팔리는 물건의 가격 속성은 그렇게 얄궂은 데가 있다. 고객의 반응은 열광적이었다.

그 후 새로운 양면 팬을 네 개 더 만들고, 10년을 버텼다. 해외에서는 3배 비싼 가격으로 판매했고, 매출은 계속 늘었다. 품질관리를 위해 수출하는 제품도 모두 국내에서 만들었다. 공장 한 곳에서 하나의 제품을 만드는 1공장 1제품 원칙을 지켜나갔다.

다이아몬드 팬의 압도적인 나노 코팅 기술은 주부들 사이에 급속도로 입소문을 탔다. 코팅이 가장 오래가는 프라이팬을 이야기할 때면 꼭 해피콜을 꼽았고, "돌고 돌아 다시 해피콜"이라는 주부 평가단의 후기가 곳곳에 등장했다. 브랜드 가치는 날로 상승했고, 회사는 고속 성장했다. 우리는 진공 냄비, 세라믹 냄비, 초고속 블렌더 등 신제품을 계속 출시했다. 특히 초고속 블렌더는 주서를 만들던 노하우를 총동원해 전문가급으로 만들었다. 100만 원이 훌쩍 넘는 고급 블렌더와 비교해도 성능이 뒤지지 않았고, 가격도 3분의 1 수준이었다. 해피콜 블렌더의 시장점유율이 50%에 육박했다.

1가구 1해피콜은 허황된 말풍선이 아니라 현실이었다. 그것도 1해피콜이 아니라, '최소' 1해피콜이었다.

133

성격과
직업

      나는 어려서부터 낯가림이 심했다. 여학생이 앞에 서 있기라도 하면 지나가질 못했다. 여학생들 사이에서 '샌드위치' 상황이 되면 안절부절못했다. 형제들과 있을 때를 제외하곤 늘 낯을 가리고 부끄러워하는 사람이었다.

누군가는 그렇게 낯가림 심한 성격으로 어떻게 장사에 뛰어들었는지 궁금해한다. 제품을 만들고 팔기까지 세상의 모든 사람을 대하는 과정은 어떻게 극복했는지 묻는다. 웬만한 사람은 서 있기도 힘든 홈쇼핑 방송을 어떻게 이겨낼 수 있었냐고 의아해한다.

"이건 직업입니다. 별개의 영역이라고요."

난 오로지 내가 만든 물건을 파는 일에 집중했을 뿐이다. 거기엔 낯가림이 끼어들 여지가 없었다. 기분이 태도가 될 수 없는 것처럼 성격이 일이 될 수도 없는 것이다.

룰대로,
암비엔테 진출기!

주방 제품을 만드는 회사들이 가장 원하는 일이 있다. 다름 아닌 암비엔테Ambiente(우리나라 서울리빙디자인페어와 유사한 세계 최대의 소비재 박람회로, 독일 프랑크푸르트에서 개최) 박람회에 참가하는 것. 매년 독일에서 열리는 이 박람회는 세계에서 가장 큰 주방 가전 생활 이벤트이다. 참가를 희망하는 기업은 차고 넘치는데 부스는 한정된 터라 한 번이라도 참가한 업체는 좀처럼 빠지는 법이 없기로 유명하다. 아무리 규모가 작은 부스라도 일단 제품을 선보인 업체는 10년, 20년 거르는 법 없이 참가한다는 얘기다.

해피콜이라고 그런 마음이 없었을까. 하지만 마음이 그렇다 해도 박람회장에 몸을 들여놓는 건 쉽지 않은 일이었다. 여기서 다시 한번 승부욕이 발동했다. 우선 박람회 담당자에게 이메일부터 날렸다. 하지만 담당자는 1년 동안 꾸준하게 보낸 메일을 열어보지도 않았다. 이번에는 아예 제품을 보냈다. 반응이 왔다. 제품을 보고 메일을 확인한 독일 담당자가 30분 정도 미팅이 가능하다는 답 메일을 보낸 것. 당장 모든 제품을 싸 들고 무역부장과 함께 독일로 날아갔다. 미팅 장

135

소에 제품을 늘어놓고 브리핑을 시작했다. 30분으로 예정된 미팅 시간이 계속 늘어났다. 브레이크타임에 밥까지 먹어가며 온종일 제품을 설명했다. 이제 독일 담당자들이 답할 차례였다.

"우리에겐 규정이 있어요. 참가 희망 순서를 어길 수는 없습니다. 우리 룰대로 진행할 겁니다."

단단하고 높은 벽 앞에 선 느낌이었다. 하지만 물러설 수도 없었다.

"맞습니다. 룰대로 해야지요. 그런데 이 박람회의 가장 큰 목적이 뭡니까? 좋은 기업, 좋은 상품을 선보여 많은 바이어를 불러 모으는 거 아닙니까. 그리고 그것이 가장 큰 룰 아닌가요. 하지만 매년 똑같은 회사가 똑같은 상품을 들고 나옵니다. 그러면 과연 바이어들이 더 찾아올까요? 해피콜은 세상에 없는 제품을 만듭니다. 다른 회사에서는 만들 수 없는 제품을 선보이는데, 이 박람회에 소개할 수 없다면 그게 룰을 지키는 겁니까?"

나는 새로운 제품을 개발하는 우리의 노력에 대해 최선을 다해 어필했다. 함께 독일로 날아간 무역부장은 초등학교 시절은 브라질, 중학교 이후엔 미국에서 공부한 언어의 달인이었다. 무역부장은 내 사투리 억양과 절박한 심정까지 놓치지 않고 통역해 박람회 담당자에게 전달했다.

그 진심과 절박함이 통했을까, 2012년 암비엔테 박람회에서 우리는 가장 큰 부스를 운영하게 됐다. 한국 업체 최초로 암비엔테 공식 매거진 <톱페어TOP FAIR>의 표지 모델이 되기도 했다. 전시관 외벽을 통째로 사용해 초대형 광고 포스터도 설치했다. 바이어 상담만 160건을 진행했고, 삼중 스팀 압력 조절 장치를 장착한 IH 진공 냄비와 다이아몬드 팬, 양면 팬, 직화 오븐 등을 전 세계 바이어에게 선보였다. 독일 하늘 아래 펄럭인 제품의 품질과 기업가의 진심이 함께 빚어낸 쾌거였다.

근면 성실한
천사들의 나라

　　암비엔테 박람회를 위해 독일에 다녀온 후 가끔씩 찾아 읽는 스토리가 있다. 1960~1970년대 파독 광부와 파독 간호사 스토리다. 기사를 검색해 읽을 때도, 동영상을 찾아서 볼 때도 있는데, 나의 가난한 어린 시절과 오버랩되면서 금세 눈가가 뜨거워진다.

　　아는 사람은 아는 스토리지만, 처음부터 우리나라 광부들이 독일 탄광에서 일한 건 아니다. 애초 유고슬라비아나 아프리카에서 건너온 광부들이 일했다고 알려져 있는데, 성실하지 않은 탓에 폐쇄되는 광산이 속출했다. 한국 광부들이 투입된 건 그즈음이었다. 이들이 독일 사회를 놀라게 하는 데는 그리 오랜 시간이 걸리지 않았다. 이름도 들어보지 못한 아시아의 작은 나라에서 온 그들은 지금껏 경험하지 못한, 집요할 정도로 성실한 사람들이었다. 독일 광산 관계자들은 엄청나게 늘어난 생산량에 입이 쩍 벌어졌다. 생산량의 추이가 신문에 대서특필될 정도였다.

파독 간호사들이라고 다르지 않았다. 독일은 국민소득이 늘면서 야간 근무, 호스피스 병동 업무 등 장시간 고되게 일하는 간호사 인력이 턱없이 부족했다. 요즘 말로 3D 업종이었다. 결국 한국 간호사들이 벽안의 나라 독일로 날아갔다. 독일 사람들이 보기에도 한국 간호사들은 확실히 달랐다. 돈을 벌기 위해 일하러 온 간호사로 생각한 그들에게 한국 간호사들은 환자를 보살핀다는 소명 의식으로 일했고, 야간 근무를 마다하지 않는 나이팅게일이었다. 인상적인 점은 주사를 놓는 솜씨였다. 그야말로 탁월했다. 한독협회 바그너 회장이 주사를 맞을 때면 한국 간호사만 찾았다는 건 널리 알려진 일화다. "왜 꼭 한국 간호사만 찾느냐?"는 어느 기자의 질문에 그는 이렇게 답했다. "한국 간호사들은 주사를 아프지 않게 놓는다. 그들은 아주 특별한 기술자다!"

주사를 아프지 않게 놓는 것 말고도 한국 간호사들은 '특별할 정도로' 헌신적이었다. 그들은 호스피스 병동에서 환자가 죽으면 진심으로 마음 아파하며 함께 울어주었다. 교통사고 환자가 들어오면 온몸에 피가 묻는 걸 신경 쓰지 않고 환자를 살리기 위해 애썼다. 그 모습이 독일 사람과 독일 사회를 감동시켰다.

"한국에서 간호사가 아니라 천사가 왔다!"

파독 광부와 간호사들의 모습이 독일 사회를 흔든 결과일까, 독일에서 한국 대통령을 초청한다는 연락이 왔다. 우리나라 국가원수가 단

139

군 이래 최초로 국빈 방문한 나라가 독일인 데에는 이런 배경이 있었다. 하지만 당시 독일은 아시아의 작고 가난한 나라에 대통령 전용기가 없을 거라곤 상상하지 못했다. 미국 정부에 아메리카 에어라인 전세기를 요청했지만 거절당하고, 독일에 특사를 보낸 뒤에야 항공편이 마련됐다. 비행 노선은 일단 홍콩까지 간 다음 루프트한자 649로 갈아타고 방콕, 뉴델리, 카라치, 로마, 프랑크푸르트 공항을 거쳐 쾰른 공항에서 독일 대통령을 만나는 길고 긴 여정이었다.

당시 독일 대통령이던 뤼브케와 함께 탄광 지대인 루르에 도착했을 때, 현장에는 독일로 날아간 한국 간호사와 광부들이 모두 모여 있었다. 광부들은 대통령이 도착하기 직전까지 일하던 터라 석탄 범벅인 얼굴과 옷차림 그대로였다. 광부들의 새카만 얼굴이 당시 자리에 있던 모두를 울렸다. 울지 않고는 버틸 재간이 없는 풍경이었다.

나는 여전히 근면 성실의 가치를 철석같이 믿는 사람이다. 자기 삶에 스스로 성실하지 않으면 누가 대신 성실해줄 수 있을까. 자기 삶의 성실한 광부가 되고, 자기 삶의 헌신적인 간호사가 되는 걸 스스로 하지 않으면 누가 대신할 수 있을까. 나는 당시 독일에 갔던 광부와 간호사들이야말로 우리가 진심으로 존경해야 할 영웅이라고 생각한다.

될 때까지
한다!

학교나 단체에서 창업 관련 강의를 할 때면 성공에 대해 다양한 질문을 받는다. 그중 하나가 '운칠기삼運七技三'에 관한 질문이다. 내 대답은 늘 간단 명쾌하다.

"운이 아홉, 기회가 하나입니다!"

성공에서 압도적으로 중요한 건 운이다. 그런데 사람들 생각과 달리 운은 언제 어느 곳에나 있다. 물론 그렇다고 아무나 운을 잡는 건 아니다. 준비된 사람만 그 운을 잡을 수 있다.

독일 프랑크푸르트에서 열린 전시회에 갔을 때였다. 광고사진 하나에 시선이 꽂혔다. 프라이팬 위에서 달걀이 미끄러지는 사진이었다. 순간 머릿속에서 폭죽이 터졌다. 프라이팬에서 달걀이 미끄러지는 환상적 시연을 선보이려면 어떤 프라이팬을 만들어야 할까? 그때 그 아이디어를 궁리한 끝에 다이아몬드 프라이팬이 태어났다. 우연히 접한 광고사진 하나가 10년 동안 '없어서 못 파는' 프라이팬을 만드는 특급 소스가 된 것이다

미국 시카고 전시회에 갔을 때는 주서와 믹서 광고에서 영감을 얻었

다. 믹서 투입구에 파란 사과를 통째로 올려놓은 사진. 보통은 과일을 잘게 썰어서 넣는데, 통째로 올려놓은 사과를 보니 또 한 번 불꽃이 튀었다. 해피콜 칼로스 주서는 그렇게 탄생했다. 사과뿐 아니라 다른 것도 통째로 넣을 수 있는 기기였고, 역시나 초대박을 터뜨렸다.

해피콜의 최고 히트작 중 하나인 초고속 믹서는 독일 암비엔테 전시회에서 영감을 얻었다. 동행한 무역부장이 희한한 믹서가 출시되었다며 안내한 부스. 눈앞에서 시연 중인 믹서는 아예 차원이 달랐다. 무엇보다 재료를 간 다음의 부드러움이 그야말로 압도적이었다. 업소용으로 인기가 높은 바이타믹스 제품이었는데, 요리하는 주부들 사이에선 이미 명품으로 소문나 있었다. 여기서 받은 영감이 사라지기 전에 제품 개발에 돌입해 3년 동안 모든 힘을 쏟아부었다. 중요한 부품은 해외에서 공급받았다.

출시 후 6개월 동안 적자였지만, 이후엔 날개 돋친 듯 팔려나갔다. 출시 1년 만에 상상을 초월하는 매출과 시장점유율 50%를 넘겨버렸다. 국내 브랜드뿐만 아니라 세계적 브랜드들과 겨룬 결과였다.

일상에서 경험한 사례도 있다. 언젠가 아내가 김치찌개를 끓이다 깜박하는 바람에 국물이 넘치는 걸 보았다. 순간, 형광등이 켜지듯 아이디어가 떠올랐다. 국물이 넘치지 않는 냄비를 만들면 어떨까! 내친

김에 냄비 옆에 세워둘 수 있는 뚜껑을 만들면 어떨까? 두말하면 잔소리. 이 역시 얼마 후 현실이 됐다.

나는 열거한 사례 모두가 운이라고 생각한다. 내가 한 일이라곤 사업하는 사람의 영감 안테나를 쉬지 않고 돌리다 운을 발견한 뒤 그것을 기회로 바꾼 것뿐이다. 백번 질문해도 답은 하나다.
"지금도 당신 주위에는 운이 널려 있습니다. 천지 사방이 운이죠. 그것을 기회로 살리고, 실현할 수 있는 사람은 바로 당신입니다!"

달걀프라이
매직

　　내 성공의 8할은 달걀프라이 덕분이었다. 세상에서 제일 간단한 요리, 기본기가 전부인 요리, 그게 달걀프라이다. 내가 생방송 카메라 앞에서 늘 성공해야 하는 일 역시 달걀프라이였다. 한국에서만 달걀프라이를 한 게 아니다. 미국·중국·인도네시아·대만·태국에 현지법인을 세우고, 30여 개국에 현지인 바이어를 두고 외국 홈쇼핑에 진출해 달걀프라이로 승부했다. TV 프로그램에 등장하는 '생활의 달인'이 따로 없었다.

　　달걀프라이를 잘하려면 불이 중요하다. 방송 세트마다 불의 세기가 다르기 때문에 프라이팬 온도는 그야말로 감으로 알아차려야 한다. 생방송 카메라 앞에서 덜 익거나 타지 않은 달걀프라이를 실수 없이 만들어내기 위해선 연습 외에 다른 길이 없었다. 수없이 훈련하고, 또 훈련하고, 훈련해야 어떤 세기의 불에서도 성공할 수 있다.

　　홈쇼핑은 시각적 재미가 70% 이상이다. 구구절절한 설명 따윈 필요 없다. 단 하나의 인상적인 장면으로 TV 모니터 앞에 앉은 고객의 마음을 사로잡아야 한다. 내 경우엔 달걀프라이를 만드는 찰나가 승부의 분수령인 셈이었다.

"Fantastic! It's a magic!"

매출을 확인하는 동시에 방송국 사람들의 입에서는 늘 환호성이 터져 나오곤 했다. 이런 쇼를 한 번도 본 적이 없다고, 눈으로 보고도 믿지 못하겠다며 큰 눈을 더 동그랗게 뜨고 말했다.

태국, 인도네시아, 중국에서는 홈쇼핑 역사상 처음으로 생방송을 진행했다. 내가 직접 방문한다고 하면 없던 스케줄도 만들어주는 나라들이다. 특히 인도네시아의 판매율은 경이로운 수준이었다. 해피콜 제품 하나로 인도네시아 홈쇼핑 방송 전체 매출의 90% 이상을 차지할 정도였으니까. 홈쇼핑 채널은 물론 일반 지역 채널을 틀어도 해피콜 제품이 등장하기 때문에 가능한 일이었다. 덕분에 공항에서도 나는 유명 인사였다. 출입국 담당 직원이나 식당에서 일하는 사람까지도 얼굴을 알아보고 반갑게 인사를 건네곤 했다.

"당신 얼굴을 매일 봐요!"

나는 그들에게 달걀프라이 매직을 선보이는 남자였다.

K-홈쇼핑을
팔다

       지금까지 나는 중국, 브라질, 인도네시아, 필리핀, 베트남, 두바이, 미국, 인도, 태국 그리고 일본에 이르기까지 수많은 국가의 피디를 만나고 홈쇼핑 방송에 출연했다. 해외 홈쇼핑에 출연하는 동안에는 단지 제품만 팔고 있진 않았다. 해피콜 프라이팬을 들고 요리를 시연하면서, 한국의 홈쇼핑이 어떻게 방송을 만들고 어떻게 매출을 올리는지 선진 노하우와 방송 팁을 자연스럽게 전수하고 있었다.

해외 진출 후 초기엔 언어 때문에 어려움이 많았다. 무엇보다 한국에서만큼 현장감을 살릴 수 없었다. 생방송에서는 통역의 도움을 받았는데, 속도감이 제대로 살지 않았다. 고정된 현지 방송 문법을 바꾸기 위해 설득에 설득을 거듭하고 묘수도 찾아야 했다. 이는 각 나라마다 반복되는 일이었다. 일단 쇼핑 호스트와 사전에 합을 맞추기로 했다. 내가 보디랭귀지로 신호를 주면 쇼핑 호스트가 준비한 코멘트를 던지기로 한 것. 화면만 보면 마치 쇼핑 호스트가 내 말을 동시통역하는 것 같은 연출이었다.

반응은 가히 폭발적이었다. 우리나라에서는 화려하고 속도감 있는 홈쇼핑 방송이 익숙하지만, 외국은 아직 그렇지 않을 때였다. 모두들 프라이팬 시연에 흥미를 보였다. 바닥이 다 타서 눌어붙은 프라이팬 검댕을 순식간에 말끔히 씻어내는 장면에서는 집집마다 환호가 터졌다. 마케팅이 적중했다는 느낌은 방송을 하는 순간 직감할 수 있다.

비행기를 타는 게 소원이던 가난한 소년은 그런 이유들로 쉴 없이 비행기를 타고 또 탔다. 자신이 만든 회사를 세상에 알리기 위해, 해피콜 직원들의 수고와 열정을 세계에 전하기 위해.

멋진 일이었고, 빛나는 일이었다.

4장

삶의 속도와
경영의 속도

유행가 _
다비치, 나훈아, 조용필

　　　　힘들 때 챙겨 듣는 노래가 있는지 질문을 받을 때가 있다. 천생 박치에 음치라 변변한 유행가 한 소절 제대로 익히지 못했지만, 듣는 일까지 그만둔 건 아니어서 곡명 몇 개를 툭 던져놓는다. 재밌는 건 꺼내놓은 노래에 대한 사람들 반응이다. 일단 가수부터 다비치, 씨야, 티아라 등 익숙하지 않은 이름에 노래 제목까지 '여성시대'라니. 경쾌한 비트의 도입부는 남사스럽다 할 정도고, "화장하고 머리를 자르고 멋진 여자로 태어날 거야"라는 노랫말도 고개를 갸웃하게 만든다.

　　　　해피콜로 한창 고전할 때, 차만 타면 습관처럼 아내에게 말했다.
"그 노래 좀 틀어봐."
말꼬리가 사라지기도 전에 아내는 이미 시작 버튼을 누르는 중이다. 부부 듀엣이라도 된 듯 아내와 내가 따라 부르는 노래가 차 안에 가득 울려 퍼지기 시작한다. 요즘 말로 즐거울 일이 1도 없던 시절, 경쾌한 노래로 위로받으려는 하나의 방편이었다. '여성시대'는 어깨를 들썩이게 하는 리듬도 좋지만, 후렴부의 노랫말이 특히 좋았다.

"처음부터 시작하는 거야. 가슴을 펴고 난 웃는 거야. / 세상이 또 나를 속인다고 해도 눈물을 닦고 당당해져서 세상 앞에 웃도록. / 외로워도 사는 게 슬퍼도 몇 번이라도 이겨낼 거야."

박자 리듬 다 놓치고 제멋대로 흥얼거렸지만, 마음 한구석엔 왠지 힘이 실린 느낌이었다.

2020년 TV 추석 특집 프로그램에 15년 만에 등장해 온 국민을 위로한 나훈아도 좋아하기로 첫손 꼽는 가수다. 하긴 쉽고 잘 들리는 가사에 호소력 있는 목소리는 더할 나위 없고 멜로디까지 친숙한 이 타고난 가수를 좋아하지 않을 사람이 있을까. 새로 발표한 '테스형'이라는 노래 역시 마음을 사로잡았다. 형님이 아우 등 두드리듯, 코로나19 세상에서 지친 사람들 마음을 다독거리는 것 같았다. 그런 나훈아의 노래 중 제일 많이 듣는 건 '공'이다.

"살다 보면 알게 돼. 일러주진 않아도 너나 나나 모두 다 어리석다는 것을. / 살다 보면 알게 돼. 비운다는 의미를, 내가 가진 것들이 모두 꿈이었다는 것을."

삶의 굴곡에서 맨몸으로 경험하며 깨달은 것들이 "살다 보면 알게 돼"라는 노랫말이 반복될 때마다 고스란히 포개지는 느낌이 든다.

마지막은 역시 조용필이다. 그의 노래 중 눈 감고 딱 한 곡만 고르라 151

면 나는 일초의 망설임도 없이 답한다. '바람의 노래'.

"나의 작은 지혜로는 알 수가 없네. 내가 아는 건 살아가는 방법뿐이야. / 보다 많은 실패와 고뇌의 시간이 비켜갈 수 없다는 걸 우린 깨달았네. / 이제 그 해답이 사랑이라면 나는 이 세상 모든 것들을 사랑하겠네."

공작산 자락에 선선한 가을바람이 불 때쯤 이 노래를 틀면, 그때 느끼는 충만함은 무엇에도 비할 게 없다. 달리 몇 줄 설명도 필요 없다. 노랫말은 노랫말이고, 조용필은 역시 조용필이니까.

오뎅의
맛

신문을 보다 우연히 박찬일이라는 음식 칼럼니스트가 쓴 '어묵의 추억'이라는 글을 읽었다.
"요즘은 옛날 어묵 맛이 나지 않는다는 분이 많다. 사실 그렇다. 식물성 식용유를 써서 맛이 순하고, 무엇보다 생선의 품질이 달라졌다. 과거에는 조기, 갈치의 어린것들을 써서 칼칼한 맛이 났는데 근자에는 거의 수입 연육에 의존한다. 옛날 맛이 살아 있는 게 아주 없는 것도 아니다. 제품 포장지 뒤에 '국내산 어육'이 들어 있다고 명기되어 있다. 바로 옛날식 어묵이다. 조기만 갈아 넣었다고 하는 제품도 있다. 가끔 갈린 뼈도 씹히고 풍미도 진한 게 딱 어릴 적 그 맛이다."

오뎅은 내 가난한 시절의 음식 추억 목록에서 빠지지 않는 것이다. 글의 제목처럼 표준어로는 어묵이 옳지만, 나는 추억과 연동한 '오뎅'의 어감을 버리지 못한다.

사촌 누나가 처음 손에 쥐여준 오뎅의 맛은 실로 놀라웠다. 글에 적힌 것처럼 '칼칼하기도 하고, 뼈도 씹히고' 물컹하면서도 쫄깃한 식감. **153**

아쉬운 점이라면 돈이 없으니 사 먹을 수 없다는 거였다. 오뎅 맛이 두고두고 더 간절했던 이유다.

당시 부끄럽지만 혼자서 가게 앞을 서성이면서 사람들이 오뎅 먹는 모습을 지켜보고, 추운 날 오뎅 국물에서 피어오르는 김을 바라보며 헛헛함을 달래곤 했다. 운 좋게 오뎅 하나를 먹을 수 있는 날엔 주인 아줌마 눈치를 보며 국물을 여러 잔 들이켰다. 지금은 세상에 없는, 내 어린 시절 '오뎅의 맛'이다.

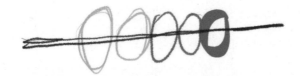

장돌뱅이의
자격

언젠가부터 나는 도움을 받는 사람에서 도움을 주는 사람이 되어 있었다. 젊은 날의 내가 그랬듯, 간절한 눈빛으로 나를 찾아오는 이들이 하나둘 생겼다. 프라이팬을 팔아보고 싶다면서 브라질이나 인도네시아에서 찾아오기도 했다. 그런 사람을 무슨 수로 외면할 수 있으랴. 똑같은 부탁이라도 진심이 전달되는 사람이 있다. 그런 사람에겐 당연히 하나라도 더 가르쳐주고 싶다.

모든 일의 시작은 허드렛일부터다. 하지만 보통 사람들은 허드렛일 따위는 중요하게 생각하지 않는다. 그렇다면 허드렛일을 '기본기'로 바꿔 생각해보자. 기본기를 다지는 건 바닥에서부터 차곡차곡 쌓아 올리는 수밖에 없다. 중국 무협 영화를 보면 본격적으로 무술을 익히기 전에 물을 길어 오는 장면이 등장한다. 물지게를 지고 계단을 오르고, 독에 물을 붓는 일을 계속 반복한다. 그게 기본기다. 기본기가 탄탄해야 미세한 것도 놓치지 않는 프로가 될 수 있다.

내가 프라이팬을 잘 팔 수 있던 비결도 허드렛일에 있었다. 나는 모든

155

생선과 육류를 프라이팬에서 구워봤다. 생선은 종류에 따라 굽는 방법이 다르다. 고등어와 꽁치는 기름기가 많고, 갈치와 조기는 기름기가 적다. 따라서 불의 세기와 기름의 양, 굽는 방법이 각각 달라야 한다. 특히 생선은 건조와 수분 정도가 중요하다. 축축한 상태, 말린 상태에 따라 불의 세기를 달리해야 한다. 생선을 손질하는 방법도 제각각이다. 나는 이 모든 걸 직접 다 했다. 생선이든 육류든 식재료에 대해 제대로 알아야 주방용품을 잘 만들고, 잘 팔 수 있다고 생각했기 때문이다.

덧붙이자면, 마케팅 업무를 배우기 위해선 제조 공정을 잘 알아야 한다. 제품의 사소한 부분까지 놓치지 않아야 하기 때문이다. 하지만 그런 일을 시키면 싫은 내색이 역력한 사람들이 있다.

'나는 마케팅을 전공했고, 번듯한 학위도 있는 사람인데, 왜 제조 공정까지 알아야 해?'

제품의 핵심은 제조에 있다. 그렇다면 판매의 핵심 키워드 역시 제조에서 찾을 수밖에 없다. 물건의 소재, 원료, 공정을 모르고서 어떻게 그 물건을 팔 수 있겠는가? 마케팅 전략은 제조 공정을 알 때 수립할 수 있다. 간절히 성공하고 싶다면 기본적인 것에 최선을 다하는 마음부터 갖추어야 한다. 허드렛일을 마다하고 화려한 성을 지을 수는 없기 때문이다.

절박한 사람은 보잘것없는 일에도 혼을 싣는다. 허드렛일을 피하거나 포기가 빠르면 욕심만 앞서는 사람일 가능성이 높다. 욕심과 간절함은 종이 한 장 차이가 아니라 완벽히 다른 감정이다. 성공한 사업가가 되고 싶어 하는 이에게 나는 늘 이렇게 말했다.

"프라이팬을 많이 팔고 싶다면, 달걀프라이부터 해라!"

내가 좋아하는
이솝우화 2

《이솝우화》에 '수탉과 보석'이라는 이야기가 있다. 먹을 것을 찾기 위해 땅을 긁던 수탉 한 마리가 우연히 바닥에 떨어진 보석 하나를 발견했다. 수탉이 이렇게 말했다.

"누군가는 탐나는 너를 물고 꽤나 기뻐하겠지만, 나한테는 한 톨의 곡식이 더 중요하단다."

물건의 가치는 보는 사람의 시선과 생각에 따라 달라진다. 일도 마찬가지다. 무슨 일을 하든 끝까지 완벽하게 해야 한 걸음 더 나아갈 수 있다는 신념으로 뭉쳐 있던 내게 해피콜은 행운을 바라는 보석이 아니라 한 톨의 곡식이었다.

미운
인간형

공짜만 바라는 사람.
일은 하지 않으면서 남들보다
많이 받기를 원하는 사람.
건강을 챙기지 않으면서 남들보다
건강하기를 바라는 사람.
노력하지 않으면서 높은 곳에 오르기를
바라는 사람.
자기 돈은 10원도 아까워하면서
남의 돈은 물 쓰듯 쓰는 사람.
자기가 한 일도 아닌데 전부 자기가
한 것처럼 생색내는 사람.

완벽 지향적
사람

"못 말리는 완벽주의자." 나를 이렇게 평가하는 사람들이 있다. 동의하지 않는다. 다만 하자 있는 제품을 팔면 회사는 무조건 마이너스라는 생각은 늘 한다. 그런 태도에서 완벽주의자의 그림자를 느낄 수는 있겠다. 하지만 이런 자세는 사업가가 갖추어야 할 기본일 뿐이다.

회사가 살려면 제품을 제대로 만들어야 한다. 그러면 고객들이 알아서 입소문을 담당한다. 그들은 물건을 다시 산다. 그들이야말로 회사를 더 오래 살아남게 만드는 자산이다. 특히 요즘은 고객들의 눈높이가 예사롭지 않다. 제품에 대해선 나보다 더한 전문가도 있다. 대충 눈속임하려는 생각은 애당초 싹을 자를 필요가 있다.

화분에 물을 주지도 않고 화초가 잘 자랄 거라는 생각은 희망 사항이다. 씨앗을 심지도 않고 무와 배추가 저절로 자랄 거라는 생각은 망상이다. 노력을 배신하는 결과는 없다. 어디 사업가만 그럴까. 세상 어떤 일이든 마찬가지 아닌가!

최강 직원들과
최고로 즐겁게!

해피콜의 직원 대다수는 주부였고, 대부분 15~20년 동안 꾸준히 근무한 장기 근속자였다. 새로운 제품이 출시되면 공장은 정말 바쁘게 돌아가는데, 한결같이 일사불란했다. 일머리가 좋은 주부 사원들의 공이 컸다. 살림 경력 역시 공장에서는 무시할 수 없는 힘이다. 직접 만든 제품인 프라이팬 사용 후기와 개선점까지 꼼꼼하고 생생하게 전해주곤 했다.

설과 추석은 프라이팬 판매가 대목인 때라 명절 전후로 석 달씩 야근을 하는데, 오전 8시 반에 출근해 저녁 10시 넘어 퇴근하는 일이 잦았다. 주말도 없었다. 조립과 생산 라인이 연결되어 있으니 한 사람이라도 빠지면 일이 어려울 수 있는데, 그런 경우는 일어나지 않았다. 평소 서로 다독이고 격려하며 지낸 덕분이었다.

한번은 주부 사원의 남편이 회사에 직접 찾아온 적도 있었다. 가정주부를 주말까지 잡아두면 어떻게 하느냐며 항의하기 위해서였다. 하지만 정작 일하는 사원들은 불평불만이 없었다. 그 헌신과 애정 앞에서 나는 자주 울컥하고 감동했다.

161

주방 기구 회사답게 우리는 나누는 걸 좋아하고 잔치 벌이는 걸 좋아했다. 일단 나부터 맛있는 걸 먹으면 그냥 넘어가지 않았다. 한번은 포도를 선물로 받았는데, 어디서도 먹어보지 못한 맛이었다. 맛있는 포도를 직원들에게 나눠주고 싶은 마음에 직접 포도 농장을 찾아 나섰고, 다짜고짜 계약 재배를 제안했다. 나는 가장 맛있는 시기에 포도를 따서 보내달라고 신신당부까지 했다.

포도만 그랬던 건 아니다. 자두, 사과, 더덕, 송이버섯, 고기까지 맛있는 걸 나누는 일에는 유난을 좀 떨었다. 자두는 밀양에서, 사과는 거창에서, 더덕은 홍천에서 구했다. 산삼 때문에 홍천을 오가던 시기라 맛있는 더덕을 맛볼 수 있었는데, 밭에서 수확하는 더덕 모두를 구입해 직원들에게 선물했다.

회사 축제도 빼놓을 수 없다. 김장 축제는 봉평의 어느 심마니 집에서 밥을 먹다 우연히 기획했다. 반찬으로 생배추와 김치가 나왔는데, 정말 눈이 번쩍 뜨일 정도로 맛이 있었다. 당장 강원도 고랭지 배추를 1년에 7000포기씩 생산해달라고 제안했다. 생배추는 직원들에게 선물로 돌리고, 절인 배추는 다 같이 모여 김장을 담갔다. 나는 소박한 식탁 앞에 앉아 음식을 나누는 즐거움 대신 바쁘게 일하는 삶을 선택한 사람이지만, 직원들만큼은 늘 맛있는 음식을 먹길 바랐다.

건강이 좋지 않던 나는 평소에는 술을 입에도 대지 않지만, 김장 축제 날만큼은 예외였다. 그날을 위해 미리 약도 먹고 몸도 만들곤 했다. 모든 테이블을 돌며 직원들과 주거니 받거니 술을 마셨다. 목청껏 웃고 떠들고 사진을 찍고 이야기를 나누었다. 간혹 취기가 많이 오르면 직원 차를 얻어 타고 집으로 돌아왔다. 그날만큼은 나도 해피콜의 평범한 직원이었다. 밥 먹고 술 먹고, 함께 놀고, 함께 웃었으니, 그들과 내가 식구가 아닐 이유가 없었다.

전사 체육대회는 바쁜 회사 스케줄에도 늘 빼놓지 않던 행사였으며, 전 종목 참가라는 개인 원칙도 세웠다. 직원들과 함께 뛰고, 부딪치고, 넘어지고, 넘어뜨렸다. 행사가 끝나면 소도 잡고, 돼지도 잡았다. 소뼈는 푹 고아서 사골 국물을 낸 뒤 채소와 김치를 넣고 밥을 말아 먹었는데, 배식은 늘 내 차지였다. 전 직원의 얼굴과 이름을 다 외울 순 없었지만, 그렇게라도 친밀해지고 싶었다.

참, 덧붙이고 싶은 체육대회 후일담이 있다. 회사에서 체육대회를 하면 협력 업체에서 연락이 오는데, 협찬을 하고 싶다는 것이다. 하지만 해피콜은 그런 종류의 협찬을 한 번도 받은 적이 없다. 대신 협력 업체에 이렇게 당부했다.

"협찬은 마음이면 됐습니다. 대신 납품 품질을 늘 최고로 유지해주세요!"

프로는
쉬지 않는다

우연히 신문에서 유명 사진작가이자 화가 이야기를 읽었다. 척 클로스Chuck Close라는 작가였는데, 꽤나 이름 있는 인물인 모양이었다. 작가가 그렸다는 작품이 눈에 들어온 건 아니었다. 해결되지 않는 건강 문제로 롤러코스터를 타던 시절이라 작가의 아픈 몸이 눈에 먼저 들어왔다. 척추 응혈 증세로 신체 일부가 마비된 그는 휠체어에 의존할 수밖에 없었는데, 그 와중에도 손가락에 붓을 묶어 그림을 그린다고 했다.

"영감을 찾아다니는 건 아마추어이고, 프로는 그냥 일을 한다."

"가장 좋은 아이디어는 작업하는 과정에서 나온다."

작가가 했다는 말이다. 몸이 아프고 불편한데도 묵묵히 그림을 그리고, 그 과정에서 아이디어를 찾고, 그 결과로 답하는 게 프로라는 말. 명치 끝이 아려왔다.

그러니 어쩌겠는가. 다시 마음을 다잡고 뚜벅뚜벅 나아가는 수밖에!

불행으로의
비행

가난한 어린 소년의 꿈은 비행기를 타는 거였다. 꿈은 이뤄졌다. 그것도 매일 이뤄졌다. 1년이면 300번 넘게, 10년이면 3000번 넘게 비행기에 실려 다니는 삶을 살아온 것이다. 부산에서 서울로, 서울에서 다시 태국, 대만, 인도네시아, 중국, 미국 등으로.

꿈을 이룬 소년은 문득 허무함에 사로잡혔다. 이렇게 높은 곳으로 올라왔는데, 날마다 하늘을 날게 됐는데, 나는 왜 행복하지 않을까?
하루는 비행기에 실려 태국으로 가는 중이었다. 너무 피곤한 탓에 자리에 앉자마자 잠을 청했지만, 쉽게 눈이 떠졌다. 그리고 대답할 수 없는 질문들을 스스로에게 던지기 시작했다.
'나는 지금 무엇을 위해 살고 있는 거지?'
'나는 도대체 누구로 살고 있는 거지?'

해외 법인과 계열사를 여러 개 거느리고 있으며, 국내 홈쇼핑 매출에선 부동의 1위를 차지하고 있고, 단시간에 홈쇼핑의 신화적 존재로

165

우뚝 선 해피콜은 다른 주방용품 회사들이 선망하는 표본이었다. 한 회사가 하나의 홈쇼핑과 거래하는 일이 일반적이지만, 해피콜은 모든 홈쇼핑 회사와 거래하고 있었다. 홈쇼핑이 '갑'이 아닌 해피콜이 '갑'인 정도의 위치였다. 사람들은 그런 나를 부러워했다.

'그런데 나는 왜 삶이 이렇게 고단할까?'

'무엇이 어떻게 잘못된 걸까?'

'꿈은 이루었는데, 왜 나는 행복하지 않을까?'

단언컨대, 이런 질문이 떠오르는 순간이 있다면 일단 멈추고 방향을 바꾸어야 한다. 질문 자체가 힌트인 것이다. 불행으로의 비행을 멈추라는 생의 힌트.

이상 소견 있음!

가난한 소년은 미처 알지 못했다. 하늘 높은 곳에서 얼마나 불우한 어른으로 살게 될지.

행선지가 태국인지 필리핀인지 확인할 여유조차 없이 비행기에 타라면 탔고, 선잠을 잤고, 랜딩 기어가 쿵 하고 내려오면 그제야 깜짝 놀라 잠에서 깼다.

"태국에 도착했습니다."

'아, 오늘은 태국이라고 했지.'

어느 순간부터 나는 비행기만 타면 오들오들 추위에 떨었다. 전방에서 군 생활을 할 때 얻은 동상과 사업을 하면서 스트레스로 찾아온 감기 증세가 지속되면서 몸살을 안고 사는 지경이 됐다. 손발은 물론 팔 전체, 허벅지까지 증상이 나타났다. 계절에 상관없이 겨울 점퍼와 내복으로 중무장을 했으며, 손이 시리니 가죽 장갑은 필수였다. 한여름은 냉방병 때문에 더욱 심했다. 승무원에게 담요를 달라고 청해 두 장씩 덮고 눈을 붙였다.

167

비행기가 이륙하면 곧장 눈을 감았다. 잠이 들면서 몸이 서늘하게 식어가는 게 느껴졌다. 수렁에 빠지거나 낭떠러지로 떨어지는 험악한 꿈을 꾸곤 했다. 항공기가 착륙하는 굉음이 들리면 마치 나락으로 추락하는 것만 같았다. 신체 리듬이 엉망인데, 시차에 적응할 여유도 없었다. 수면 체계가 완전히 망가져 불면증에 시달렸고, 신경은 항상 예민하게 곤두서 있었다. 길게 자야 한두 시간이 고작이었으며, 깨어 있는 시간에도 늘 잠에 취한 것 같았다.

태국의 홈쇼핑 방송에서 온종일 생선을 구운 날이었다. 땀과 생선 냄새가 범벅이 된 채 비행기에 올랐다. 기내에는 에어컨 냉기가 가득했다. 에어컨 바람이 닿는 모든 부위가 마치 칼로 도려내는 듯 시리고 아프기 시작했다. 당시 나는 뜨거운 탕 속에서도 한기를 느끼곤 했다. 한겨울용 긴팔 옷을 입고 그 위에 담요를 덮었다. 온몸이 땀에 젖어 축축했는데, 그 와중에도 서서히 눈이 감겼다. 의식을 잃는 듯 잠에 빠져들었다. 하지만 눈뜬 채로 자는 기분이었고, 잠에서 깨도 의식이 온전하지 않았다. 산 채로 죽어 있는 기분이었다.

시간을 쪼개 병원을 찾았다. 이름난 대학병원과 유명한 대형 병원에서 온갖 검사를 받았다. 결과는 한결같았다.

'이상 소견 없음.'

하지만 나의 소견은 달랐다.

'이상 소견 있음.'

나는 남들보다 빠르게 살고 있었다.

그리고 남들보다 빠르게 죽어가고 있었다.

169

정상에서
잘 내려오는 일

알리바바를 창업한 중국의 마윈은 지방대 출신의 영어 교사였고, 47조 원의 재산을 일군 성공 신화의 주인공이다. 얼마 전 마윈은 빌 게이츠처럼 사회사업에 헌신하겠다는 의지를 밝히고, 비교적 일찍 자신의 자전거에서 내려왔다. 그리고 은퇴를 기념하는 자리에서 이렇게 말했다.

"우리의 젊은 시절을 떠올려보세요. 아무도 우리에게 기회를 주지 않았습니다. 이제 우리는 거물이 되었습니다. 당연히 젊은이들에게 기회를 줘야 합니다."

마윈은 은퇴 후 평소 자신이 가장 위대한 직업이라고 생각한 일을 선택했다. 바로 교사였다. 나는 마윈의 막대한 재산이 아니라, 한시도 그의 마음을 떠난 적 없는 위대한 장래 희망이 못내 부러웠다.

애플 창업자 스티브 잡스는 큰 성공을 거두고도 췌장암으로 세상을 떠났다. 그는 아이폰이 세상을 바꾸는 동안에도 자기 자신을 짓누르는 긴장과 스트레스는 어찌지 못했다. 나는 곧잘 스티브 잡스가 아이폰과 자기 목숨을 바꾸었다고 생각하곤 한다. 자신이 죽음을 향해 내달리고 있다는 사실을 알면서도 멈추지 못한 게 아닐까 생각한다.

기업가들의 생애를 들여다보는 건 나 자신의 속도에 대해 돌아보고 생각할 계기가 된다. 세상에는 경영이 천직인 훌륭한 기업가가 많다. 나는 그런 기업가들을 마음 깊이 존경한다. 하지만 모든 기업가의 목표가 하나일 수는 없다. 나는 스티브 잡스가 아니고, 빌 게이츠가 아니며, 마윈이 아니다.

나는 자신만의 경영 철학이 필요한 것처럼 자신만의 은퇴 철학도 필요하다는 생각에 내내 시달렸다.

나는 맨땅에 헤딩하듯 경영에 뛰어들었다. 난관이 닥쳐도 포기하지 않는 승부사 기질이 있었고, 적절한 때 운도 따라주었다. 기업가의 자질과 운명으로는 나쁘지 않은 편이라고 할 수 있다. 좋은 제품을 만들어 잘 파는 것 외엔 알지 못하는 기업가로 살았고, 덕분에 어린 시절 꿈꾸던 것보다 훨씬 큰 성공을 거두었다.

하지만 성공에 비례하지 않는 행복감 때문에 괴로웠다. 급속도로 나빠진 건강이 결정적이었다. 몸이 빠르게 나빠지고 있다는 걸 체감할 때마다 나는 조금 더 천천히 살고 싶었다. 프로는 쉬지 않는 법이지만, 쉬는 법을 모르면 행복한 프로가 될 수 없다는 걸 체세포 하나하나가 일깨워주고 있었다.

171

기업가의 가슴속에 천천히 살겠다는 마음이 생기면 그때는 선택을 해야 한다. 가파른 정상을 향해 자전거 페달을 계속 밟을 것인가, 말 것인가? 경영이라는 수수께끼 기계가 내는 문제를 풀 것인가, 말 것 인가? 나의 속도로 살 것인가, 경영의 속도로 살 것인가?

"오렌지 주스,
플리즈"

2000년 즈음의 일이다. 한창 해피콜 제품을 개발하던 시절, 아로나전자의 개발 이사님이 시카고 전시회에 같이 가자는 제안을 했다. 평소 많은 도움을 주던 분이라 선뜻 따라나섰다. 공항에서 조우하기까지는 아무런 문제가 없던 출장 일정에 미세한 균열이 생긴 건 비행기 좌석이 달라지면서부터였다. 개발 이사님은 미국에서 티켓을 보내준 터라 비즈니스석이 있는 항공기 2층, 나는 1층 좌석이었다. 비행 노선은 도쿄와 미니애폴리스를 경유해 시카고 도착. 문제는 도쿄까지는 한국말을 하는 승무원이 있지만, 나머지 구간에서는 한국말을 하는 승무원은 물론 한국 승객도 별로 보이지 않는다는 거였다. 기내 방송도 영어, 기내식 주문도 영어, 음료를 줄 때도 영어뿐인 상황. 나는 줄곧 오렌지 주스만 마셔댔다.

"오렌지 주스, 플리즈."

그나마 귀에 들리는 말, 할 수 있는 말이 그것뿐이었다. 기내식을 주문할 때도 어떤 걸 달라고 해야 할지 몰라 옆 사람 메뉴를 지켜보다 손가락으로 가리켰다. 그보다 더 큰 시련이 닥친 건 경유지에서 비행기를 갈아탈 때였다. 동행한 개발 이사님은 비즈니스석 승객이라 먼저 나갔으니 묻고 의지할 데가 없었다. 화살표 방향 하나로 까딱 잘못하면 낙오될 수 있는 상황이었다. 잔뜩 긴장한 채 다른 사람들은 어떻게 하는지, 다음 비행기를 타려면 어떻게 하는지 온 신경을 바짝 곤두세웠다. 눈치코치로 환승에 성공하긴 했지만, 그때만 생각하면 지금도 심장이 쿵쾅거리고 아찔해진다.

영어 앞에만 서면 답답하고 작아지는 건 바이어를 만날 때 특히 더했다. 제아무리 통역이 매끄럽다 해도 바이어의 뜻이 제대로 전달되지 않는 것 같고, 내 의도는 더더욱 전달되지 않는 것 같았다. 제품을 가장 잘 아는 내 머릿속에는 바이어에게 설명할 내용이 한가득인데, 천장을 바라보거나 입을 다물고 있어야 하는 상황과 자주 마주하면서 갑갑증이 생길 정도였다. 통역에만 완전히 의지하는 것과 통역의 도움을 받는 일은 완전 다르다. 들어야 할 말을 놓치고 있다는 생각, 해야 할 말을 다 하지 못한다는 생각, 그런 생각에 휩싸이면 고립된 기분이 든다. 혼자서 귀먹고 말 못 하는 벙어리로 세상에 존재하는 일은 외롭기도 하고, 서럽기도 하다.

아들을 미국에 보낸 건 그런 이유가 하나둘 쌓이면서 내게 절박함을 안겨주었기 때문이다. 나는 이미 공부에 관해선 기회를 놓친 후였다. 분과 초 단위로 시간을 쪼개며 사는 처지에 낯선 언어를 새롭게 공부하는 것은 엄두도 못 낼 일이었다. 아들만큼은 말귀가 막혀서 외롭거나, 말문이 막혀서 서럽지 않았으면 했다. 아이들에게 조금이라도 더 많은 공부 기회를, 더 수준 높은 언어 공부를 시키고 싶은 부모들의 마음과 그때의 내 마음이 다르지 않았다.

최근 영화 <기생충>이나 <미나리>가 전 세계 영화제에서 상을 받으면서, 봉준호 감독과 윤여정 배우가 영어로 수상 소감을 자유롭게 말하는 게 화제가 됐다. 그들의 영어가 어떤 수준인지 나로서는 제대로 가늠할 수 없다. 그래도 눈치로 알 수는 있다. 그들은 상대에게 자기 메시지를 정확하게 전달할 줄 알고, 그 안에 유머 코드까지 담아낼 줄 안다. 딱 내가 원하는 모습이었다. 화려하게 말하는 것 말고, 포인트를 센스 있게 짚어내고 그러면서도 상대에게 밀리지 않는 여유를 갖는 것. 언어를 공부할 기회가 충분히 없던 사람들에게는 말 때문에 마음에 응어리가 쌓인다. 나는 그 응어리를 아들에게 더 많은 공부 기회를 주는 것으로 해소하고 싶었다. 그것이 공부와 먼 삶을 살았던 아버지의 욕심이라 해도 부정하지 않겠다.

제대로 말할 수 있어야 주인공이 되는 순간이 분명히 있는 법이다. 아버지의 마음으로 아들이 그 순간들을 놓치지 않기를 바랐다. 오렌지 주스 말고, 자기가 꿈꾸는 걸 세상에 마음껏 요청하기를 바랐다.

아빠의
눈물

남자는 눈물에 인색하다. 하지만 고백하건대 나는 참 많이 울었다. 울 일이 많았다. 기뻐서, 감격해서, 힘에 부쳐서, 아파서…. 그러고 보니 시시때때로 울었다. 단, 들키지는 않았다. 남들 앞에서는 결코 울지 않았다. 남몰래 혼자 울었다. 그런 내가 제대로 울음을 터뜨린 적이 있다.

2012년 미국 해피콜 지사에 갔을 때, 아들을 만나고 온 일이 있다. 엄마 품에만 있던 아이는 중학교 1학년을 마치자마자 혼자 미국으로 떠났다. 영어도 한마디 못하는 녀석이 덩치 큰 미국 아이들 틈에서 혼자 교실을 찾아다니고, 혼자 공부를 하고, 무엇이든 혼자 해야 했으니 걱정이 이만저만 아니었다.

일만 하느라 내내 바쁘게 지내던 아버지가 제법 커버린 아들과 함께 지내는 첫날 밤, 이날만큼은 눈물을 참을 수 없었다. 아들 녀석 얼굴을 물끄러미 바라만 봐도 눈물이 흘렀다. 아버지의 영어 콤플렉스와 모자란 공부 욕심 때문에 어린 나이인데도 가족과 떨어져 홀로 고생하는 아들 앞에서 마음이 저미지 않을 수가 없었다. 그 미안한 마음을 전하고 싶었지만, 나는 다정하고 섬세하게 마음을 전달하는 방법을 모르는 아버지였다. 편지를 쓰는 것 말고는 떠오르는 게 없었다. 그날의 편지는 말 그대로 눈물 젖은 편지였다. 쓰다가 마음에 들지 않아 버리고, 다시 또 구기고, 그렇게 족히 열 장은 버린 것 같다. 한 번도 써보지 못한 마음을 꾹꾹 눌러 쓰려니 할 말이 많기도 했고, 정작 많은 말을 쓰려니 무엇부터 써야 할지 모르겠고, 눈물은 멈추지 않고 계속 흐르고…. 밤새 쓴 편지를 아들의 머리맡에 두고 방을 빠져나왔는데, 그때 기분은 아직도 내 마음 깊은 곳에 남아 있다. 떠올릴 때마다 그 마음의 자리가 뜨끈뜨끈해진다.

2017년 대학 1학년을 마치고 군 입대를 위해 아들이 귀국했다. 짐을 푸는데 상자 하나가 눈에 들어왔다. 옆에서 지켜보던 딸아이가 열어보니 지금껏 가족과 친구들이 아들에게 보낸 편지였다. 거기엔 내가 밤새워 아들에게 쓴 눈물 젖은 편지도 있었다. 그뿐만 아니었다. 휴지통에 구겨서 버린 쓰다 만 편지들도 함께 들어 있었다. 바쁜 아버지는 '너희를 위해서'라는 말을 방패 삼아 제대로 돌보지도 못했는데, 그 마음을 아들이 다 알아채고 있었던 모양이다. 그 마음을 떠올릴 때면 항상 눈가가 젖는다. 잠시 들키지 않게 또 울어야 할 것 같다.

'나'를
회복하기 위하여

건강이 급속도로 망가지면 여러 가지가 비참해진다. 무엇보다 내일을 전혀 기대하지 않게 된다. 내일의 내가 오늘의 나를 설레게 만들지 못하는 것이다. 그러니 그런 기분으로 하루하루를 사는 건 비극이 아닐 수 없다.

나는 취미와 특기가 모두 사업이던 사람이다. 그러니 사업으로부터 벗어나지 않으면 건강하게 살 수 없을 것 같았다. 2016년, 드디어 회사를 매각하기로 결정했을 때 그 소식을 듣고 가장 기뻐한 사람은 어머니셨다. 어머니가 바란 건 단 하나였다. 당신 아들이 건강하고 재미있게 인생을 사는 것.

회사 매각은 극도의 긴장을 요하는 일이었다. 최종적으로 성사되기까지 여러 고비를 넘겨야 하기 때문이다. 경영에 매진할 때만큼 신경을 곤두세워야 했다. 매각은 나를 쥐어짜는 마지막 미션이었다.

2013년 씨제이 캐피탈과 현대차 캐피탈에서 투자 의향을 밝혀왔다. 그다음엔 모건 스탠리, 칼라일 쪽에서 투자하겠다고 했다. 1년 넘게 접촉한 조슈아 트리라는 회사와는 MOU까지 맺었다. 많은 회사에서 투자 제안을 했고, 그런 제안이 들어오는 걸 긍정적으로 해석했다.

시작이 반인 줄 알았기 때문이다. 하지만 전혀 아니었다. 매각이든 투자든 끝날 때까지 끝난 게 아니었다. 99% 성사됐어도 나머지 1%가 상황을 죄다 뒤집을 수 있다.

매각을 추진하는 과정에는 서류가 몇백 장씩 등장한다. 법률적으로 매우 중요한 서류들이다. 나는 학창 시절에 책 한 권 제대로 읽지 않은 사람이었는데, 상황이 이러니 공부를 피할 방법이 없었다. 그냥 자리만 지키고 앉은 공부가 아닌, 토씨 하나에 따라서 인생이 달라질 수 있는 공부를 원 없이 하게 됐다. 한 글자 차이로 몇백억 원의 행방이 결정되는 종류의 공부였으니 긴장감은 어마어마했다. 학창 시절 이렇게 공부했으면 세상에 못 할 일이 없겠다 싶을 정도였다.

현실은 훨씬 더 살벌했다. 되돌릴 수 없는 실전에 임하기 위한 공부였으니까. 변호사에게 전부 맡길 수도 있었지만, 우리 회사 사정을 가장 잘 아는 사람은 법률 전문가가 아니라 바로 나 자신이었다. 칼날 위에 선 기분으로 '아'와 '어'가 어떻게 다른지, '협의'와 '합의'가 얼마나 큰 차이가 있는지, 법률이 정한 바에 따라 매각이 이뤄지는 과정을 치밀하게 공부했다.

어느날, 매각 논의를 지켜보던 우찬제 상무가 물었다
"무엇이 문제가 되고 있나요?"

"그게 말이지, 최소 2년 동안 최고경영자로 일을 해달라고 하네. 연봉으로 100억을 주겠다면서 말이야."

최종 매각 과정에 남은 회사는 두 곳이었다. 프랑스의 가전 회사와 이스트브릿지&골드먼삭스. 매각 조건인 2000억 원에 최소 2년의 최고경영자 자리와 연봉을 제안한 건 프랑스 가전 회사였다. 처음엔 3년을 근무하는 조건이었는데, 듣는 즉시 거절하자 2년 근무에 1년 고문 자리를 다시 제안한 것이다.

"그 정도면 수락할 만한 일 아니겠습니까?"

맞다. 누구라도 이렇게 답할 것이다.

"잘 알면서 그런 소리를! 지금 나한테 그런 돈이 무슨 소용이 있어."

나를 가장 잘 아는 이답게 우 상무는 대번에 고개를 끄덕였다. 우 상무는 늘 나와 함께 붙어 다닌 분신 같은 존재였다. 에어컨과 히터를 틀 수 없는 자동차 운전대를 잡았고, 홈쇼핑 방송과 목욕탕은 물론, 디자인 회의에도 끝까지 자리를 지켰다. 매각 과정에서도 온갖 미팅 장소에 동행했다. 하나에서 열까지 나를 가장 잘 아는 사람이었다.

뼈가 시리는 한기 때문에 한여름에도 반팔을 입을 수 없고, 배불리 밥을 먹고 포만감에 취한 게 언제인지 기억나지 않으며, 육체는 마음보다 빠르게 시들어 팔순 노인 같은 한 인간이 100억 원을 손에 쥔들 행복할 수 있을까. 세상에는 100억, 200억으로도 되돌리지 못하는 것들이 있다. 나는 무엇보다 나를 찾고 싶었다. 그걸 가능하게 해주는 이가 있다면, 그에게 100억을 쥐여주고 싶은 심정으로 살던 때였다. 자식 같은 회사를 위해서도 내가 일선에서 물러나는 것이 옳았다.

결국 1800억 원에 근무를 하지 않는 조건으로 이스트브릿지&골드 먼삭스가 최종 매각 대상자가 됐다. 나는 살고 싶었고, 살기 위해 일을 그만두고 싶었다. 내겐 정신과 육체의 에너지가 1그램도 남아 있지 않았다. 더 좋은 조건과 3년 치 연봉을 포기하게 만든 결정은 바로 그 때문이다. 내가 가져야 할 것은 더 많은 돈이 아니었다. 나를 회복하는 일이었다.

"이제부터라도
몸 건강하시소"

해피콜을 알지 못하는 주부를 만나기도 어렵고, 해피콜을 쓰지 않는 가정을 만나는 것도 어렵다. 그런 회사를 매각한다는 소식이 알려지면 여러 가지 복잡한 문제가 생긴다. 먼저 알려져서 좋을 일이 없었다. 각별히 보안에 신경을 쓴 건 그 때문이었다. 하지만 MOU 계약에 사인을 하자마자 어떤 경로로 알게 됐는지 신문에 매각 사실이 실리면서 세상에 널리 알려지게 됐다.

이 소식을 기사로 접한 직원들이 실망하지 않을까 걱정이 앞섰다. 회사 매각 소식이 알려지면 곧잘 파업이 벌어지기도 해서 더더욱 신경이 쓰였다. 고맙게도 해피콜에서는 내가 물러나는 동안 파업 한 번 없었다. 협력 업체 역시 동요가 없었다. 고마운 일이었다. 직원들은 그런 방식으로 나에 대한 신뢰를 보여주었다.

나는 제일 오래된 공장인 제1공장을 시작으로 직원들에게 마지막 인사를 전했다. 모든 직원에게 순금 손잡이가 달린 작은 프라이팬을 선물했다. 그렇게라도 고마운 마음을 표현하고 싶었다. 직원들은 지금까지 함께한 회사 행사 장면들을 영상으로 만들어 보여주었다. 직원

182

들과 하나 되어 즐기던 체육대회부터 모두 같은 마음으로 발을 동동 굴러가며 준비한 신제품 개발에 이르기까지 해피콜의 역사를 압축한 동영상이었다.

울컥했다. 가만히 눈물을 흘리던 직원들이 소리 내어 울기 시작했다. 목이 메어 준비한 인사말이 제대로 나오지 않았다. 떠날 수밖에 없을 정도로 건강이 악화된 이야기를 하면서도 못내 미안했다. 준비한 프라이팬 선물을 나눠주면서 나는 직원들을 와락 껴안고 울어버렸다.
"회장님예, 이제부터라도 몸 건강하시소."
남은 공장을 모두 찾아가 송별식을 했다. 사무직과 간부직, 협력 업체와도 송별의 자리를 마련했다. 그들 모두와 생사고락을 함께했으니 가족과 다를 바 없었다. 송별회 때마다 나는 처음 이별을 맞이하는 사람처럼 울었다. 아주 많이 울었다. 이별에 자신 없는 사람은 우는 것 말고 달리 할 수 있는 게 없기 때문이다.

송별회를 마치고 집에 돌아온 어느 날, 액자 하나를 손에 쥔 딸아이가 문 앞에 서 있었다. 무슨 영문인지 들여다보니, 액자 속에는 직접 그린 그림에 글을 써넣은 상장이 들어 있었다.
"17년 동안 해피콜에 기여하신 노고에 진심으로 감사드립니다. 이제 더 이상 해피콜 이현삼 회장으로 불릴 수 없지만, 변함없는 건 김진숙의 남편이자 이혜지·이명승의 자랑스러운 아빠입니다. 우리 아빠가 제일 좋아하는 건 등산이고, 제일 좋아하는 음식은 엄마가 직접 해주시는 집밥입니다…."

딸아이는 케이크와 함께 상장을 건네주었다. 그동안 대통령상, 국무총리상, 장관상, 시장상 등 상이란 상은 거의 받아봤지만 그 무엇과도 바꿀 수 없는 의미 있는 상장이었다. 되돌아보면, 딸아이는 늘 그랬다. 내 생일과 결혼기념일이면 매번 카드와 선물을 준비했다. 한번은 커다란 종이에 학급 친구 모두의 축하 인사를 받아온 적도 있다. 힘들어하는 아빠를 즐겁게 해주려는 애틋하고 기특한 이벤트였다. 정작 아빠는 바쁘다는 핑계로 아이들 생일 한 번 제대로 챙겨준 적 없는데….

내 인생의 조련자이며
멘토이자 선생님

여기까지 오는 데 혼자 왔을 리 없다. 조련자, 멘토, 선생님… 이분들을 뭐라고 불러야 할지 고민할 때면 두서없이 떠오르는 단어들이다. 나는 내가 가진 능력에 비해 인복이 많다고 생각한다. 마치 우연처럼 등장해 인생의 의미를 진득하게 알려주는 사람이 늘 있었다. 그들에겐 한 가지 공통분모가 있는데, 세상을 사는 데 가장 중요한 건 '사람이 중심'이라는 생각과 '사람은 한결같아야 한다'는 태도를 제대로 알려준다는 점이다.

한창 홈쇼핑과 접촉하던 시절, 당시 GS 홈쇼핑 상무이던 민택근 대표를 만났다. 그때만 해도 홈쇼핑은 막강한 '갑'의 위치였다. 하지만 민 대표는 여느 홈쇼핑 임원과는 생각부터 달랐다. 그는 늘 소비자 입장을 맨 위에 두고 협력 업체와 홈쇼핑업체가 더불어 잘되길 바랐다. 요즘 말로 '상생'을 실천한 셈이다. 그중에서 가장 중요한 건 소비자 입장이었다. 돈 되는 제품이라 해도 소비자에게 도움이 되지 않으면 팔지 말아야 한다고 했다. "좋은 상품이 진짜 갑"이라며, 늘 해피콜 제품을 쓰고 응원해주었다. 그의 마인드에서 가장 배우고 싶었던 것은

185

팀워크를 중요하게 생각하는 점이었다. 팀을 가운데 놓고 팀원들이 서로를 도울 수 있어야 한다는 지론을 한결같이 유지한 덕분일까? 그는 쇼핑엔티라는 회사의 대표로 자리를 옮긴 뒤 회사 경상수지를 금세 흑자로 돌려놓기도 했다.

최정수 회장님은 운동 삼아 배드민턴을 치던 부산 어린이대공원에서 만났다. "우연을 거듭하면 인연"이라는 말은 이분을 두고 하는 것이라 생각했다. 운동복 차림으로 만난 우리는 아무 이해관계가 없는, 요즘 말로 비즈니스 관계가 1도 없는 사이였다. 하지만 무슨 일만 생겼다 하면 한 치 망설임 없이 슈퍼맨처럼 나타나 도움을 주곤 조용히 사라졌다. 새로운 제품이 나오면 제일 먼저 구입하고 입소문을 내줬다. 해피콜이 파업 중일 때는 하루도 빠짐없이 찾아와 나를 위로해주곤 했다. 그에게서 배운 건 '작은 손해'를 볼 줄 안다는 점이다. 자기 이익만 챙기기 바쁜 세상에서 그의 작은 손해는 손난로 같은 온기가 어떤 것인지 늘 되돌아보게 만든다.

동광화학 이남석 회장님은 80대 중반의 나이에도 여전히 현역인 어른이다. 40여 년을 하루도 빠짐없이 새벽 5시만 되면 동네 작은 산을 오르는 회장님은 말 그대로 '자기 관리의 신화' 같은 분이다. 언젠가 이분과 골프 라운딩을 했는데, 18홀 모두를 카트에 의존하는 일 없이 걸어서 마치는 걸 보고 저절로 고개가 숙여졌다. 함께 라운딩한 멤버들의 나이와 체력이 무색해진 순간이었다. 명절 때면 아내와 함께 인사를 가서 덕담을 듣는데, 부부 금실도 그렇게 좋을 수 없다. 그는 내게 한결같은 인간의 품위가 어떤 감동을 불러일으키는지 여실히 알려준다.

소비자와 구독자는 나와는 일면식도 없는 사람들이다. 한창 프라이팬을 만들던 시절, 해피콜 제품을 쓰던 소비자들은 늘 칭찬과 격려와 입소문을 아끼지 않았다. 얼마 전에는 귀농·귀촌 방송에 출연한 영상이 유튜브에 올라갔는데, 거기에 달린 댓글만 600개가 넘었다. 감동적인 건 댓글 모두가 잘되길 바란다는 응원과 기원과 칭찬 일색이었다는 점이다. 불시에 찾아오는 감동은 불길처럼 마음을 후끈 뜨겁게 할 때가 있다. 댓글을 하나씩 읽던 나는 '세상에는 참 좋은 사람이 많구나' '이 나라는 아직 살 만한 나라구나'라고 생각했다. 이런 생각은 '나는 이들에게 어떻게 보답해야 할까'라는 생각으로 이어졌다. 내 삶의 조련자이며 멘토이자 선생님인 이들에게.

다른
꿈

"회사를 떠나서 완전히 자유로워졌는데
이제는 뭘 하실 겁니까?"
송별회를 마친 나에게
강범규 교수가 물었다.
두꺼운 추억을 겹겹이 껴입고
나는 대답했다.
"이제는 다른 꿈을 살아봐야지요."
다른 꿈! 꿈은 생의 후반기에도
생활필수품처럼 요긴한 것이었고, 나는
그 요긴한 생필품을 새로 채워야 했다.

아내로부터
시작하다

해피콜을 매각한 후 한동안 금단 증상에 시달렸다. 회사를 설립하고 17년 동안 한순간도 해피콜이 아닌 다른 걸 생각해본 적이 없었다. 몸속 세포 하나하나가 해피콜에 반응했고, 머릿속에서 가장 많은 지분을 차지한 것도 해피콜이었다. 해피콜을 빼면 아무것도 남는 게 없었다.

그런데 어느 날 갑자기 갈 곳이 사라져버린 것이다. 날이 밝아도 출근할 곳이 없다는 게 엄청난 상실감을 안겨줄 수 있음을 짐작하지 못했다. 더 이상 스케줄에 쫓기지 않고 주어진 시간을 마음대로 쓸 수 있지만, 그런 건 대체 어떻게 하는 거란 말인가.

더 이상 바쁘게 지내지 않고, 한가로이 주변을 감상하고, 풍경을 마음에 담아둘 수 있게 됐지만, 그런 건 대체 어떻게 하는 거란 말인가. 바다 한가운데 홀로 던져진 기분이었다. 이런 후폭풍은 전혀 예측하지 못한 것이었다. 소속을 잃은 인간의 생활 리듬은 쉽게 망가졌다. 나는 사업을 그만두고 싶었을 뿐 쓸모없는 인간이고 싶지는 않았다. 스스로 일상을 살아본 적 없는 인간은 아무 데서나 바보가 될 수 있었다. 지난 20년 동안 '회장님 라이프'에 익숙했던 탓도 있을 것이다.

사소한 일 하나하나까지 전부 직원의 보조와 도움을 받고 살아온 덕에 나는 사소한 일상 하나하나가 낯설고 어색했다. 일단 혼자서 은행 업무를 보는 일부터 배웠는데, 줄 서서 번호표를 뽑는 것부터 시작했다. 통장을 정리하고, 각종 세금을 내는 방법과 유용한 팁도 배웠다. 항공권을 끊는 법도 처음으로 익혔다. 사회 초년병보다 더 어설픈 자연인 이현삼의 생활을 시작하게 된 것이다.

제대로 되는 일이 없을 때면 무능한 중년 남자의 무기력증에 빠졌다. 두 번, 세 번 시행착오 끝에 성공하면 입가에 번지는 뿌듯한 웃음을 참을 수 없었다. 그런 걸 다 익히고도 시간은 날마다 남았다. 마음 둘 곳을 찾는 일은 여전히 어려웠다.

나는 아내를 데리고 산에 다니기 시작했다. 회사 일을 하는 동안 아내는 하루가 다르게 건강이 나빠지는 나를 보며 눈물지은 사람이다. 그런데 정작 회사를 그만둔 후에는 남편이 우울증에 걸리지나 않을까 염려하기 시작했다.

아내는 도시락을 싸 들고 날마다 나를 따라나섰다. 일하지 않고도 시간을 보내는 가장 좋은 방법은 산에 다니는 것이었다. 아내는 친구도 만나고 싶었을 테고, 쇼핑도 하고 싶었을 텐데, 매일 아침 날만 밝으면 나를 따라 산에 올랐다. 전국에 다니지 않은 산이 없었다. 지리산 천왕봉, 설악산 대청봉, 한라산 백록담 등 이름 있는 산은 물론이

고, 동네 낮은 산이나 험난한 산을 싫은 내색 한 번 안 하고 함께 올랐
다. 차에는 늘 프라이팬과 냄비가 갖춰져 있었다. 언제라도 목적지 없
이 떠날 수 있도록 준비해둔 것이었다. 물 흐르는 곳이 있으면 내려서
밥을 해 먹고, 민박집이 나타나면 거기서 묵었다. 텐트도 가지고 다녔
다. 재래시장이 보이면 장도 보고 군것질도 했고, 바닷가가 보이면 파
도를 보면서 잠시 쉬고, 절이 보이면 들어가서 기도도 올렸다.

은퇴한 남자는 아내 없이 두 번째 인생을 시작하기 어렵다.
누구라도 아내 없이는 두 번째 인생의 해피콜을 울리기 어렵다.

5장

농부, 비누,
해피콜 라이프

"회장님,
농부가 다 되셨네요!"

        '농부 이현삼'. 요즘 내가 갖고 다니는 명함이다. 지금껏 가졌던 명함 중에서 가장 마음에 든다. 아직 초보를 면하지 못한 농사꾼이라 어설프기 짝이 없지만, 그럼에도 이 일이 나의 천직이라는 생각 때문에 명함만 보면 웃음이 난다. 이 명함 하나 얻으려고 내가 무엇을 떠나왔는지 생각하면 안 그럴 수가 없다.

농부 이현삼은 아직 수확성을 따지지 않는다. 보기 좋고 잘 팔릴 상품을 얻으려고 혈안이 되는 일도 없다. 순전히 자기만의 방식을 고집하는 농사꾼의 길을 가고 있다. 농부 이현삼이 고집하는 농사법이란 한마디로 말해 천연의 농사, 순수한 농사다. 겉보기에 좋은 것이 아니라 사람에게 좋은 농사, 사람이 건강할 수 있는 농사를 지으려고 애쓰는 중이다. 그런 농사는 야속하게도 수확물이 예쁘지가 않다.
예를 들어 사과 농사를 짓는다고 했을 때, 내 방식대로 하면 사과나무 50그루에서 열 개의 사과가 열린다. 그나마 하나씩 살펴보면 모양이 가관이다. 못생겨도 너무 못생겼기 때문이다. 결과만 보면 누가 봐도 농사를 처음 짓는 초짜, 아마추어 솜씨다. "농사를 지은 게 맞냐?"

고 물어본 이가 있을 정도였다. 그래도 개의치 않았다. 파종기에 맞춰 배추, 고추, 무, 상추, 딸기를 많이도 심었다. 처음 한두 해는 수확량이 형편없었다. 화학비료나 살충제가 아닌 천연 거름으로 흙의 자생력을 살렸기 때문이다. 이렇게 농사지으면 비록 상품성이나 수확성은 떨어지지만, 식물은 면역력을 키우고 자연에 적응한다.

모양은 예쁘지 않지만 내가 기른 배추, 무, 고추를 맛본 사람들은 다들 놀란다. 채소가 하나같이 달고 고소하고 여물어서다. 심지어 저장성도 좋다. 모르는 사람들이 와서 먹어도 다들 한 번씩 물어본다. 아삭아삭하고 맛 좋은 비결이 대체 뭐냐고. 비결은 하나다. 최고의 맛, 순수한 맛, 재료 본연의 맛을 내기 위한 노력.

예를 들면 옥수수의 경우 2주 간격으로 다섯 번을 심는다. 옥수수는 따서 바로 쪄야 가장 맛있다. 설탕이나 소금을 쓸 필요도 없다. 하루 이틀만 지나도 옥수수의 당분은 전분으로 바뀐다. 마트에서 파는 옥수수에 감미료를 넣지 않으면 맛이 없는 이유다. 그래서 2주마다 옥수수를 심는다. 시차 없이 2주마다 최고로 맛있는 옥수수를 먹을 수 있으니까. 하지만 고구마는 정반대다. 두세 달 숙성해야 전분이 당분으로 바뀐다. 수확하자마자 먹지 말고 가을에 캐서 한겨울에 먹어야 제대로 된 맛을 볼 수 있다. 시금치는 늦여름 혹은 초가을에 씨를 뿌려야 한다. 싹이 조금 나올 때면 겨울이 되고 모두 얼어버린다. 죽은

195

줄 알았던 시금치는 춥고 매서운 겨울을 지나 봄이 되면 고소한 맛을 가득 품는다. 정말 최고의 맛이다. 김장용 무나 배추는 서리를 맞아야 한다. 밤에는 보온 덮개를 씌우고 낮에는 벗기기를 여러 번 반복하다 영하 10℃로 수은주가 확 내려가면 서둘러 수확해 김장을 한다. 김장한 김치는 곧장 땅속 독에 묻는데, 장소는 가장 추운 음지여야 한다.

공작산의 닭들은 자작나무 밑에서 자연 방사하는데, 사료 대신 등겨·깻묵·쌀·옥수숫가루 등 곡물을 섞어 먹이로 준다. 달걀에 비린내와 잡내가 없고 고소한 건 그런 비결 때문이다. 벌꿀은 수분을 맞추기 위해 간혹 열 건조를 하는 사례가 있는데, 그러면 비타민이 파괴된다. 공작산에서는 열 대신 자연 건조와 자연 숙성을 고집한다. 100% 천연 꿀을 1년 정도 단지에 넣어두고 맛을 낸다.

나는 농약과 비료를 주고 키우는 매끈한 농작물을 보면 꼭 예전의 내 모습 같아 마음이 쓰리다. 제대로 생명 활동을 하지 못하는 식물과 자신을 돌볼 여력 없이 바쁘게 살아가는 도시의 인간은 닮은 데가 있다. 흙에도 농약과 화학비료가 스며들면 식물이 화학 성분에 의지해 자생력을 잃는다. 도시를 떠나지 못하는 사람도 이와 비슷하다. 끊임없는 경쟁에 시달리느라 행복한 삶을 누리지 못한다.

나는 이제 농부가 다 되었다.

"당신 아직도
밭에 있어요?"

          농사를 짓기 시작한 다음부터 내 눈에는 자꾸 손이 가는 녀석들만 눈에 띄었다. 이놈들한테 물을 줘야 하고, 저놈들한테 퇴비를 줘야 하고, 내일은 모종도 심어야 하고, 풀도 베야 하고…. 돈을 벌겠다고 다짐했을 때는 돈 벌 궁리에 하루를 다 보냈는데, 농사로는 돈을 벌지 않겠다고 작정하니 제대로 된 농사를 위한 궁리로 하루가 짧다. 나와 아내, 동생들이 한날한시에 밭에 모여 모종을 심어도 뿌리를 내리고 자라는 걸 보면 차이가 난다. 특히 정성을 다한 것들은 확연히 표가 난다. 가뭄에 모종을 심으면 자리도 잡기 전에 날씨가 너무 더워 비실비실하기 십상이다. 하지만 정성으로 심은 모종은 비실거리지 않는다. 일할 때 모종을 얼마나 깊이 심을지, 뿌리의 어느 지점까지 심을지, 모종 주변의 흙을 어느 정도의 강도로 눌러줄지 등등을 고민하기 때문이다.

노하우? 그런 건 없다. 단지 정성을 쏟은 덕분이다. 식물의 자생력을 생각하는 농사를 추구할 때 가장 중요한 것은 농부의 정성과 관심이다. 아이 키우는 것과 다를 바 없다. 아침저녁으로 들여다보고, 어제와 다른 오늘의 모습을 열심히 관찰한다. 낮에 봐도 밤에 또 보고, 비

197

오기 전에 보고 비 온 뒤에 또 본다. 건강하게 잘 크면 그게 또 신기해서 계속 본다.

어느 해에는 배추 농사가 영 신통치 않았다. 일반 농가에서는 진드기가 달려들지 못하게 주기적으로 농약을 친다. 우리 밭에는 진드기가 생겨도 농약을 치지 않으니 당연히 진드기가 번식하기 좋은 환경이 된 것이다. 가만히 보고 있을 수는 없으니 은행잎, 은행 열매, 돼지감자 등을 발효시킨 천연 재료로 약을 만들어 뿌려보았다. 그런데도 잎사귀마다 성한 데가 없었다. 이걸 어쩐다? 김장철은 다가오는데 속이 까맣게 타들어갔다.

'어떻게 해야 진드기를 잡을 수 있을까'

사실 이럴 때는 아무리 고민해도 소용이 없다. 빠끔한 잎사귀들을 뜯어서 닭장에 던져줘야 일이 해결된다. 나는 상한 배춧잎만 뜯을 요량으로 한참 동안 배추밭에 쭈그려 앉아 있었다. 시간 가는 줄도 모르고 말이다.

"당신, 서울 간다고 하지 않았어요?"

외출에서 돌아오던 아내가 차에서 내린 뒤 먼발치에서 물었다.

"응, 이제 금방 가려고."

그러고도 한참 뒤, 다시 아내가 물었다.

"아니, 아직도 밭에 있으면 어떡해요?"

"응, 이것만 마저 하고 갈 거야."

결국 나는 아내의 잔소리에 못 이겨 배추밭에서 나왔다. 서둘러 약속 장소로 나가려는데 아내가 기가 막힌 듯 나를 바라보았다.

"그렇게 입고 갈 거예요?"

외출복으로 꺼내 입은 양복 바지에 흙이 잔뜩 묻어 있고, 구두 역시 엉망이었다.

"도대체 양복에 구두 신고 배추밭에 들어가는 사람이 어딨어요!"

아내의 잔소리에 슬며시 웃음이 났다.

"아니, 그저 잠깐 들여다보고 가려고 했지."

이런 옛말이 있다. "보름달이 뜨면 밭에서 일을 한다." 달이 뜨든 해가 뜨든 보이면 일하고 보이지 않으면 일을 끝낸다는 얘기다. 내가 그랬다. 마음 같아선 온종일 밭에 들어앉아 나오기 싫었다. 나도 알고 아내도 알았다.

공작산,
그리고 비누

　　내게 공작산은 이전과는 차원이 완전히 다른 삶을 선사하고 있다. 인생을 전반기와 후반기로 나눌 수 있는데, 거기엔 근본적 차이가 있다. 바로 삶의 방향성이다.

나는 하늘 위로 날고 싶던 소년 시절의 꿈을 이루고도 행복을 손에 쥐지 못한 채 공작산에 들어왔다. 이번에는 누가 시키지도 않았는데, 더 본질적인 곳으로 고개를 파묻기 시작했다. 오로지 자연이 시키는 대로, 더 깊은 곳으로, 자연과 더불어 살면 굳이 공부하지 않아도 깨닫게 되는 이치가 있기 마련이다.

나의 농사는 배추나 무에 머무르지 않고 온갖 종류의 약초를 재배하는 일에까지 확장된다. 공작산의 산삼, 황토 방, 여름비 내리는 초록 풍경…. 그런 모든 자연 풍경이 나를 낫게 한 것처럼 이곳에서 자라는 것들이 사람을 낫게 하리라는 확신 때문이다.

"요즘은 비누랑 화장품 같은 걸 만듭니다."
내가 이런 이야기를 꺼내면, 열이면 열 모두 뜨악한 반응을 보인다.

미용과 치장에는 전혀 관심 없을 것 같은 중년 남자가 화장품이라니!

프라이팬 공장을 쉼 없이 돌리던 사람이 비누라니!

나는 지금껏 직업을 세 개나 가져봤다. 장돌뱅이로 이곳저곳 떠돌며 물건을 팔았고, 주방 기구 제조업체의 회장으로 근무했으며, 최근 5년은 농부로 살고 있다. 정확하게는 비누를 만드는 농부다.

농부인 나는 먹을 것을 직접 기른다. 농부인 나는 가족과 지인들이 사용하는 비누의 재료 중 중요한 것들을 직접 기른다. 특히 농사는 내가 평생 하고 싶던 일이고, 다른 어떤 일을 할 때보다 즐겁다. 직접 기른 것들이 지닌 천연의 힘을 이끌어내고, 그것을 활용할 방법을 연구하는 것은 나의 주특기다. 프라이팬을 연구 개발할 때도 나는 혼신의 힘을 쏟아부었다. 양면 팬을 만드는 데 2년, 다이아몬드 팬을 만드는 데 3년이 걸렸다. 그리고 비누를 위해 5년의 시간을 쏟아붓는 중이다. 아직도 연구는 진행 중이다.

팔기 위해 팬을 연구했다면, 살기 위해 혹은 살리기 위해 비누를 공부하고 있다. 비누나 화장품만큼 자생력에 의지해야 하는 품목도 별로 없다. 말하자면 본질에 가장 충실해야 하는 제품이라는 것이다. 그러니 나는 이제 이렇게 물을 수도 있겠다.

"세상의 본질에 가장 가까운 직업인 농부와 그런 제품인 화장품·비누, 이 둘이 어째서 어울리지 않는가?"

비누
오디세이

손발 동상은 나의 고질병이다. 온몸의 실핏줄이 얼어붙은 건 아닐까 상상할 때도 있었다. 요즘 같은 세상에 동상이 웬 말인가 하겠지만, 군대에서 걸린 동상이 온몸의 바이오리듬을 엉망으로 만들어버렸다. 제대로 치료할 시기를 놓쳤고, 일에 미쳐 있는 동안 후순위로 미룬 탓에 날이 갈수록 증세는 더 악화했다.

동상의 영향 탓에 1년 내내 내 몸은 각질투성이인데, 특히 늦가을부터 늦봄까지는 심각한 수준이다. 밀가루처럼 새하얗게 떨어지니 미칠 노릇이었다. 보디 크림을 듬뿍 바르고, 그것으로도 안 되면 오일까지 발랐다. 하지만 스트레스가 극심하니 머리카락까지 빠지기 시작했다.

날마다 몸에서 무언가가 빠져나가는 걸 보고 있으면 기분이 유쾌할 리 없다. 몸이 내게 보내는 경고와 위기의 신호는 날로 강해지는데, 속수무책으로 손을 쓸 수 없으니 내 몸이 곧 나의 괴로움과 동의어가 되어버렸다. 그러던 중 지인 한 사람이 탈모에 도움이 될 거라며 수제 비누를 선물해주었다. 좋다 하는 샤워 제품이나 비누를 이것저것 많이 써본 터라 큰 기대감은 없었다. 동상으로 인한 혈액순환 불균형이나 극심한 각질, 그리고 탈모에 이르기까지 여러 문제를 해결할 방법은 세상에 존재하지 않을 거라고 지레 포기했기 때문이다. 지칠 만큼 지친 때였다. 하지만 선물받은 비누는 달랐다. 탈모를 억제하는 데 도움이 되는 것 같았고, 피부 상태도 꽤 진정됐다. 효과를 수치로 나타낼 방법은 없었지만 적어도 몸의 변화를 체감할 수 있었고, 그 덕에 세안제의 중요성도 깨닫게 됐다.

나는 일단 확신이 들면 달려드는 타입이다. 강원도 고랭지 배추에 꽂혔을 때도 그랬고, 맛난 포도에 꽂혔을 때도 그랬다. 물론 프라이팬을 만들 때도 당연히 그랬다. 이번에는 비누였다.

아직 해피콜을 운영하던 때였는데, 아예 선물받은 수제 비누를 생산하는 회사를 인수하기로 했다. 15년 동안 수제 비누를 연구한 사장님이 운영하는 회사였다. 단, 이 과정에서 내가 생각지 못한 오해가 있었다. 수제 비누라고 해도 천연 재료만으로 만드는 건 아니라는 사실이었다. 이 비누에도 독한 성분인 가성소다가 들어 있었다. 또 한 번 내 촉이 발동했다.

'가성소다를 넣지 않고 비누를 만들 수는 없을까?'

여러 나라를 대상으로 시장조사에 돌입했다. 하지만 가성소다나 가성가리가 없는 비누는 세계 어느 곳에서도 찾을 수 없었다. 비누 제조에서 빠져서는 안 되는 재료들이었다. 비누를 응고시키기 위해서

203

는 가성소다가 필요했고, 가성가리는 물과 비누를 섞어주는 역할 때문에 꼭 필요했다. 그게 없으면 비누를 비누로 사용할 수가 없다. 그 사실이 넘을 수 없는 장벽처럼 느껴졌다.

희망의 불씨를 엿본 건 생각지도 못한 제품에서였다.

하루는 직원이 희한한 비누라며 가성소다 없이 만든 비누를 가지고 왔다. 정말 믿을 수 없었다. 그 와중에 눈앞에 꺼내놓은 가성소다 없는 비누는 색깔도 별로인 데다 향도 좋지 않았다. 마뜩지 않았지만 직원의 강권에 못 이겨 속는 셈 치고 써보기로 했다.

우선, 생각보다 거품이 풍부해서 합격!

그다음부터는 계속 반전의 연속이었다. 피부에 자극이 느껴지지 않고, 부드럽게 얼굴이 씻기는 느낌이 들었다. 의외다 싶은 마음에 계속 쓰면서 비누를 관찰했다. 일단 사용 중에도 갈라짐이 없었다. 햇볕에 말려도 마찬가지였고, 오래 써도 부서짐이 없었다.

첫인상은 호감형이 아닌데 만나다 보니 진국인 사람처럼, 색상도 향도 탐탁지 않은 비누에 나는 자꾸 마음이 끌렸다.

그 비누를 만든 회사를 직접 찾아 나섰다. 강원도 춘천에 있었다. 대표는 실향민 아버지의 아들이었는데, 5대째 한의원을 하는 분이었다. 본인은 공부를 하지 않아 한의사가 아니었지만, 세 곳의 한의원 운영을 맡고 있었다. 비누는 한의원에서 피부와 모발에 약을 처방하던 비법으로 만든 것이었다. 내가 찾던 바로 그 비누, 독성을 함유하지 않은 비누. 전 세계를 뒤져도 없던 약을 춘천에서 만났다.

나는 그 회사와 기술, 약재와 기계, 연구 논문과 특허까지 모두 사들였다. 사장님은 회사 고문으로, 사장님의 사위는 회사 부장으로 현재까지 함께 일하고 있다. 색깔이 예쁘지 않은 것, 향이 별로인 것은 개선하면 될 일이다.

제대로 연구해 좋은 비누를 상품화하겠다는 생각에 제약 회사까지 인수했다. 최상의 비누와 화장품을 만들기 위해선 화장품을 제대로 연구하는 게 꼭 필요한 일이었다.

프라이팬을 만드는 일이나 비누를 만드는 일이나 다를 게 없었다. 좋은 물건을 만들기 위해서는 '핵심' 문제를 해결하기 위해 나아가지 않으면 안 된다. 내가 가성소다와 가성가리가 비누와 뗄 수 없는 성분이라고 타협했다면, 일은 훨씬 더 쉬웠을지 모른다. 그리고 여전히 나는 스스로 만족할 수 없는 비누와 더불어 매일 조금씩 불행한 몸으로 살고 있을지도 모른다.

물론 그것은 내가 허용할 수 없는 삶의 방식이었다.

비타협의
비누

내가 만드는 비누에는 향이 없다. 먹을 수 있는 재료, 100% 천연 재료의 매력을 더하기 위해 인공 향을 첨가하지 않는다. 비누에 향을 넣는 일은 정말 쉽지만, 쉬운 길을 가지 않는 건 이 비누를 완성하는 과정 자체가 쉽지 않기 때문이다.

그러기 위해 오직 식물성 약재만 검증된 방법에 따라 손질하고, 최적의 배합 조건을 찾기 위해 끊임없이 실험을 거듭했다. 빨리, 쉽게 가기 위해 불필요하거나 해로운 것을 더하지 않았다. 자신의 땀과 땅을 믿는 농부들이 농사지을 때 그렇게 하듯이. 공작산의 사계절을 꼬박 바쳐 만드는 비누인데, 마지막 과정에서 타협해 모든 노력과 수고를 헛되게 만들고 싶지 않았다.

나는 비누를 생산하는 과정은 물론, 완성된 제품을 포장하고 유통하는 과정 역시 최대한 자연과 가깝기를 바랐다. 분리 재생이 가능한 재생 용기를 고집하는 이유다. 샴푸와 린스 용기는 PCR 100% 용기를 사용하고, 박스 인쇄는 콩기름으로만 한다. 패키지 역시 국제 친환경 산림 관리 인증을 받은 종이로만 만든다. 이 규정은 불법 벌목을 막고, 나무를 베는 만큼 심어 숲에서 살아가는 수많은 동물을 지키기 위한 것이다. 나는 약재를 심는 일부터 비누 패키지를 만드는 일까지 모든 과정이 비누 제작 공정에 포함된다고 생각한다. 비누의 모든 원료를 자연에서 얻고 있다면, 당연히 자연을 잘 가꾸고 오래 보존하는 일 역시 소홀해서는 안 될 것이다. 환경과 이윤 사이에서 타협하는 것이 늘어나면 결국 남는 것은 파국일 따름이다.

비타협의 최종 산물인 비누의 이름은 'SAAN'이다. 비누 이름과 공작산을 닮은 로고 디자인은 서울디자인재단의 강병길 이사장님 작품이다. 우연한 기회에 비누를 선물하면서 제조 과정을 말씀드린 적이 있는데, 얘기를 들은 후 뭔가 돕고 싶다고 귀띔하신 이사장님이 6개월 동안 직접 작업한 결과물이다. SAAN이라는 이름은 공작산의 기운으로 만드는 비누인 만큼, 여러 개의 산이 겹쳐진 모습이 떠올라 지었다고 한다. 우리가 만드는 비누가 지녀야 할 철학을 함축한 이름이라는 생각이 들었다. 후일담을 더 옮기면, 강 이사장님은 디자인 비용도 받지 않고 심지어 밥도 직접 사셨다. 언젠가 정년퇴직을 하면 남은 인생을 사회에 공헌하면서 살겠다는 말씀을 하신 게 떠올랐다.
내가 만드는 비누가 세상을 구하진 않는다. 하지만 비누를 만드는 작은 일에도 이런 확신으로 임할 때 세상은 조금 더 나아질 거라 생각한다. 내가 비누 SAAN을 만들며 비타협과 무관용의 원칙을 고수하는 이유다.

207

비누를 만드는 모든 재료는
먹을 수도 있습니다

　　지난 5년을 돌이켜보면, 무수한 실패의 연속이었다. 나는 하루에도 몇 번씩 비누로 피부를 씻어냈다. 온몸에 비누칠을 한 뒤 물로 헹구지 않고 수건으로만 닦는 날도 있었다. 그 위에 옷을 입은 채 몇 시간이고 그냥 있었다. 비누를 피부에 흡수시켜본 것이다. 같은 실험을 조건을 달리해 수백 번 반복했다. 나 자신이 스스로 실험 대상이 된 건 좋은 비누를 만들겠다는 욕심 때문이 아니라, 천연 원료를 절대적으로 신뢰했기 때문이다.

　　그 신뢰를 등에 업고 어떤 날은 약재 추출물을 마시고 맛보고 향을 맡기도 했다. 미친놈 소리가 절로 나올 일이다. 내가 연구하는 비누는 약초 원액을 추출해서 만든다. 그런 이유로 SAAN의 비누수는 여러 가지 약초를 넣고 끓인 한방차와 마찬가지다. 당귀, 작약, 천궁 등등 먹을 수 있는 재료가 들어간다. 거기에 오랫동안 몇 차례나 구운 죽염을 넣어 숙성한다.

　　앞서 말했듯, 일반 비누수는 가성소다나 가성가리를 이용해 만든다. 우리는 이 독성을 비누에 넣지 않으려고 여러 가지 방법을 연구하고 또 연구했다. 그러다 찾아낸 방법이 죽염을 굽는 것이었다. 전라남도 신안에서 소금을 사다 대나무를 잘라서 넣고 가마 안에서 굽기 시작했다. 750~800℃에서 하루 종일 구웠다. 그렇게 몇 번을 구워야 한다. 거기서 나오는 죽염 가루를 긁어서 만드는 게 가성소다와 가성가리의 대체물이다. 가성소다나 가성가리 20kg 한 포대 가격에 비하면 몇십 배, 몇백 배 비싼 대체물인 셈이다. 그뿐 아니다. 공정에 들어가는 노고는 가격의 몇 곱절이다. 가성소다 20kg 분량의 죽염을 만들어내려면 소금을 200kg 이상 구워야 한다. 구운 죽염 가루는 끓인 약재와 함께 5~6개월 항아리에 넣고 숙성시킨다. 그런 노력과 시간을 거친 뒤에야 비누수가 만들어진다.

1차로 약재를 넣고 추출한 추출물에는 20여 가지 건조 약재를 넣고 보름에서 한 달간 숙성한다. 숙성된 약재를 다시 끓여 증류 공법으로 2차 추출한다. 약재마다 제각각 사람에게 알레르기가 있을 수 있어 중화하기 위한 과정이다. 이 과정 역시 두 번 반복한다. 증류수를 한 번 더 증류해 완벽하게 정제된 약재 추출물을 만든 다음, 여러 가지 오일과 오랫동안 항아리에서 숙성한 비누수를 넣어 반나절 넘게 섞는다. 그 과정을 거치고 나면 비로소 비누가 만들어진다. 하지만 거기서 끝이 아니다. 그렇게 만든 비누를 다시 석 달 열흘 동안 숙성한다. 비누 한 개를 만드는 데 약 1년이 걸리는 셈이다. SAAN의 비누는 그렇게 탄생한다.

이 비누에는 공작산의 사계절이 모두 응축돼 있다. 여태 내가 만들어 판 것들 중 가장 자신 있는 제품이다. 어떤 기업, 어떤 전문가, 어떤 소비자에게 내놓아도 당당하다. 그런 자신감에는 근거가 있어야 한다. 나는 SAAN의 효능과 효과를 확인하기 위해 국립 강원대학교에 전임상을 의뢰했다. 전 세계에서 허혈성 뇌졸중 기초 연구 논문을 가장 많이 쓴 신경생물학계 권위자 원무호 교수의 지휘로 진행된 비누의 효능 전임상 결과는 논문으로 발표됐다. 전임상이 끝난 다음에는 서울에 있는 대학병원에 다시 임상을 의뢰했다. 결과는 당연했다. 우리가 몸으로 체감한 효과가 논문으로 입증된 것이다.

나는 공작산이라는 자연에 의지한 우리의 노력이 과학적으로도 효과를 입증할 수 있는 데이터가 되기를 바랐다. 그래야 우리 일과 우리 삶이 좀 더 많은 사람을 설득할 수 있고, 신뢰감을 줄 수 있을 테니까.

비누를 만드는 시간,
고작 5년

비누나 화장품 샘플을 선물받은 사람 중에는 즉각적으로 피드백을 주는 이들이 있다. 피부에 문제가 있는 사람들, 그래서 비누나 화장품을 직접 만들어본 사람들이다. 피부 문제 때문에 삶의 터전까지 바꿔가며 시골로 이사 온 사람들도 적극적이다. 민감한 피부 때문에 안 써본 화장품이 없다는 사람들 역시 정성껏 피드백을 해준다.

"이리 오셔서 내 얼굴 좀 보세요."

오랜만에 만난 지인이 안경을 벗으면서 말했다. 뭐가 그리 급한지 앉자마자 숨 돌릴 틈도 없이 얼굴부터 내밀었다.

"내가 이쪽 얼굴에만 회장님이 주신 화장품을 발랐거든요. 이쪽은 아예 다른 걸 바르고…."

얼굴을 반으로 나눠 한쪽은 내가 나눠준 화장품 샘플을, 또 다른 한쪽은 고가의 한방 화장품을 발랐다는 것이다. 이유는 하나. 피부가 어떻게 달라지는지 직접 실험해본 것이다.

"이쪽 얼굴은 푸석하고 얼굴색도 약간 어두워 보여요."

지인의 얼굴을 보면서 아내가 말했다.

211

"그렇죠? 내가 실험해보고도 깜짝 놀랐다니까요! 요새 만나는 사람마다 얼굴 보여주면서 회장님이 만드는 화장품을 홍보하고 있어요."

그는 아토피가 있는 사위에게도 내가 만든 비누, 화장품, 샴푸 샘플을 나눠줬다고 했다. 현재 미국에서 의사로 일하는 사위는 지금 SAAN의 제품만 쓴다.

"볼 때마다 언제부터 파느냐고 물어요. 다른 걸 못 쓰겠다면서."

지난 5년간 화장품을 만들면서 나는 주변 사람들에게 숱하게 제품을 나눠줬다. 아는 사람한테만 준 게 아니라 지인의 지인, 천연 화장품을 좋아하는 사람, 얼굴도 모르고 만난 적도 없는 사람들한테까지 화장품을 보냈다. 택배를 부치기 위해 우체국에 자주 들락거렸더니 나중에는 무슨 물건을 이렇게 많이 보내느냐고 물을 정도였다. 그렇게 나눠주면서 단돈 10원 하나 받은 적 없지만, 연구 개발에 꼭 필요한 일이었다.

SAAN을 써본 지인 중에는 화장품업계에서 일하는 분도 있다. 화장품업계의 내로라하는 전문가인데도 땀이 나면 피부가 가렵고 트러블이 생겨 걱정이 많던 그는 SAAN의 화장품을 쓰면서 고민이 해결됐다고 기뻐했다. 아버지가 피부과 전문의인 한 지인은 아버지까지도 포기할 정도로 아토피가 심했는데, SAAN의 화장품으로 다스리고 있다고 했다. 이런 후기를 듣다 보면 연구 개발에 들어가는 품이 전혀 아깝지 않다.

비누를 만드는 동안 실패 위에 실패를 쌓는 느낌이 들었을 때, 나는 엉뚱하게도 다이슨을 떠올렸다. 사람들은 다이슨 청소기의 혁신적 모델을 입이 마르도록 칭송한다. 물론 다이슨 청소기는 칭찬받아 마땅한 제품이다. 먼지 봉투 없는 청소기, 날개 없는 선풍기, 가운데가 뚫린 헤어드라이어까지, 이전에는 볼 수 없던 제품들 아닌가. 하지만 정작 중요한 것은 다이슨이 이루어낸 혁신적 결과가 아니다.

다이슨의 성공 뒤에는 창업자 제임스 다이슨의 인내심과 끈기가 있었다. 디자이너 출신인 그는 직접 청소기를 분해하면서 혁신의 실마리를 찾았다. 먼지 봉투가 청소기 구멍을 막는다는 걸 알아냄으로써 먼지 봉투 없는 청소기의 탄생이 가능했다.

이런 다이슨의 노력에 투자자들이 처음 보인 반응은 냉소였다. 무려 15년간 5000개 넘는 청소기를 만들며 실패에 실패를 거듭한 탓이다. 우리가 주목할 부분은 바로 그 대목이다. 기나긴 실패의 이력을 쌓으면서도 혁신을 향한 노력을 포기하지 않는 건 웬만한 의지와 결심으론 불가능한 것이다. 결국 다이슨이 이겼다. 다이슨은 그런 자신의 성공 비결이 '실패'라고 말했다. 실패 끝에 탄생한 이 혁신적 청소기는 기존 청소기 가격의 두 배에 달했지만, 전 세계적으로 불티나게

213

팔렸고, 50억 달러 매출을 달성하면서 가전제품업계의 전설이 됐다.

성공한 사업가들은 실패를 바라보는 관점이 다르다. 두렵고 피해야 할 어떤 것이 아니라 새로운 것을 배울 수 있는 기회로 여긴다. 한 번 실패할 때마다, 이렇게 하면 안 된다는 것을 배울 수 있기 때문이다. 그렇게 버텨온 15년의 세월을 상상해보라.

나는 이제 고작 5년 비누를 만들었을 뿐이다.

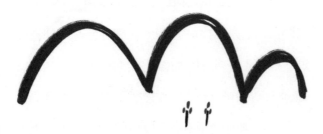

각별한
배려

      4년쯤 됐으려나, 강범규 교수 소개로 디자인하우스 이영혜 대표를 만났다. 나는 그 자리에서 해피콜을 정리하게 된 이야기, 지금은 공작산에서 천연 화장품을 만들고 있다는 이야기를 조금 길게 들려드렸다.

이영혜 대표가 SAAN 비누를 쓰게 된 건 그때부터였다. 천연 화장품을 하나씩 만들 때마다 전해 드렸더니 이 대표는 쓰면서 느낀 것, 일테면 거품이나 향 등 보완해야 할 점을 피드백으로 꼭 돌려주었다. 아울러 "재료와 과정이 자연과 진심으로 어우러진 비누가 널리 사용되었으면 좋겠다"는 응원 메시지도 빼놓지 않았다.

마음만 전해온 건 아니었다. 두 해 전에 이 대표는 친구들과 가는 오스트리아 여행을 함께 가자고 했다. 그곳에서 천연 재료를 이용해 모든 것을 수작업으로 만드는 공방, 바이오 제품을 사용하는 호텔을 직접 눈으로 보고 경험할 수 있었다. 꽃·허브·천연 향 등에 대해 많은 공부를 할 수 있었고, 장인 정신이 무엇인지 직접 확인할 수 있었다. 흔히 공들여 물건을 만드는 일에 헌신할 때 '장인 정신'이라는 말을 쓰곤 하는데, 내가 이해하고 깨달은 바 장인은 세계관을 만드는 사람이다. 그들이 만든 물건은 디테일과 정성, 포기를 모르는 집요함과 무한한 성실성으로 완성되기 때문에 세계를 향한 관점이 담겨 있다는 것을 알았다.

여행 일정 중에는 명예 한국 대사의 파티 초대가 있었다. 그곳에서 나는 눈이 휘둥그레지는 놀라운 경험을 했다. 그 주인공은 검은 원피스에 장식이 돋보이는 노리개를 달고 머리에는 옛날 대감들의 정자관을 쓰고 등장한 이영혜 대표였다. 알록달록하고 화려한 차림의 100명 넘는 외국인들 사이에서 단연 돋보이는 그녀에게 모두의 시선이 쏠렸다. 그날 외국인들은 한자 산山이 여러 개 포개진 듯한, 또는 타오르는 검은 불꽃 같기도 한 정자관을 보고 셔터를 눌러댔다. 서양 옷에 한국적 포인트를 곁들이고 한국의 옛 남자 모자를 차용한 이런 차림이 한국의 장인 정신과 전통문화에 대한 새로운 해석으로 다가와 그들에게는 물론 내게도 큰 감동을 주었다.

공작산에 들어와 비누 만드는 일에 헌신하는 나를 위한 이 대표의 배려는 한결같이 각별했다. 내게 도움이 될 것 같은 곳이라면 언제나 초청했고, 내가 가보면 좋겠다 싶은 곳은 미리 귀띔하고 혼자라도 갈 수 있게 예약까지 해줬다. 각별한 배려라는 밥상 앞에서 기분 좋은 포만감을 느낀다는 게 이런 건가 싶다.

추워야
따뜻하다

"아유, 강원도에 눈이 많이 와서 어떡해요?"

"겨울에는 너무 춥죠? 도대체 어떻게 견디세요?"

강원도에서 산다고 하면 대부분의 사람은 꼭 추위를 걱정한다.

나는 이곳에 들어와 살면서 계절의 성격에 대해 좀 예민해졌다. 무슨 뜻인가 하면, 겨울에는 겨울답게 추워야 한다는 것이다.

어느 따뜻하던 겨울의 일이다. 땅을 파서 김장독을 묻었는데, 숙성도 되기 전에 김치가 시어버렸다. 김치 본연의 맛을 제대로 내지 못하게 된 것이다. 땅속에 묻어둔 무에서도 뿌리가 나고 바람이 들어 퍼석해졌다. 도시에서는 전혀 생각하지 못하는 온도의 영향을 이곳에서는 일상적으로 체험하게 된다. 따뜻한 겨울의 문제는 그뿐만이 아니다. 눈이 오지 않는 겨울을 보냈더니, 여름에 송충이와 벌레가 들끓었다. 공작산의 단풍나무에는 약을 치지 않는데, 벌레가 속출해 잎을 다 갉아 먹었다. 사과나뭇잎도 성한 게 없었다.

도시 사람들은 따뜻한 겨울에 안도할지 모른다. 하지만 그것이 불러 일으키는 후폭풍은 알아차리지 못한다. 나 역시 공작산에 들어오기

217

전에는 지구온난화나 기후 위기라는 문제가 남의 일인 줄 생각했다. 자연에서 일어나는 작은 변화는 언제나 연쇄 작용을 일으키면서 또 다른 변화를 불러들인다.

지구의 수명이 얼마 남지 않았다는 환경 보고서가 날마다 나오지만, 며칠 가지 않는 뉴스가 되는 세상이다. 우리가 사용하는 플라스틱이 결국에는 우리의 숨통을 조이게 될 텐데, 오늘도 우리는 플라스틱 더미 안에서 먹고 마시고 잠든다. 이미 60년 전, 레이철 카슨 같은 환경론자가 새들이 울지 않는 봄을 경고했지만, 우리는 여전히 화학약품으로 길러낸 매끈한 농작물을 냉장고에 고이 쟁여두고 산다.

언젠가 아랫집에서 병충해 방제를 했는데, 그 영향으로 우리가 키우는 벌의 절반이 죽어버린 일이 있었다. 인간과 자연, 자연과 자연이 모두 연결되어 있다는 사실을 이보다 더 확실하게 알려주는 사례가 어디 있을까. 누군가는 내 삶을 산골에 처박힌 답답한 생활이라고 폄훼할 수 있지만, 나는 공작산에 살면서 더 넓은 삶, 더 깊은 삶을 살고 있다고 자신 있게 말한다. 소박한 삶이야말로 지금 지구가 회복해야 할 가치 있는 삶이라는 점을 확신에 차서 말하게 된 것이다.

지난해 여름, 미국의 어느 마을이 발칵 뒤집혔다는 뉴스를 접한 적이 있다. 한여름에 폭설이 내리고 영하의 날씨를 기록하는 바람에 마을 전체가 마비됐다는 뉴스였다. 자연은 '갑작스럽게' 돌변하지 않는다. 언제나 전조 증상이 있기 마련이다. 갑작스러운 일이 생겼다면, 그것은 곧이어 닥칠 재난에 대한 의미심장한 경고다.

"눈이 많이 와서 어떻게 해요?"
누군가 묻는다면, 나는 이렇게 대답할 수 있다.
"겨울인데 당연하죠!"
눈이 많이 내리고 추운 겨울이면 지글지글 끓는 온돌은 세상 더없이 따뜻하다. 그것이야말로 지극히 자연스러운 일상이다.
추워야 따뜻하다!

고요를
걷다

가을이 깊어가는 공작산의 새벽은 신비하다. 문밖으로 나서면 제법 싸늘한 공기가 얼굴을 얼얼하게 감싼다. 밤사이 계절의 색채는 더 짙어진다. 산속은 고요하다. 그런 고요의 한가운데를 향해 걸음을 뗄 때마다 나는 마치 수행에 나선 승려처럼 경건해진다. 인기척을 느낀 강이가 울타리의 문을 향해 달려 나온다. 녀석은 내가 어디로 가는지 금세 눈치챈다. 새벽 산행의 동행자다.

공작산은 크지도 작지도 않은 산이지만 여러 종의 나무가 빼곡하게 들어서서 손님을 맞는다. 제법 우뚝 솟은 노송들, 어린 나무들, 무슨 사연이 있는지 가로로 길게 누운 쓰러진 나무도 있다. 이 산은 어느 계절에 올라도 좋지만, 가을에는 단풍 덕분에 분위기가 더욱 환상적이다. 홀린 듯 산 깊은 곳으로 이끌려 들어간다. 산중으로 난 길에는 소리만 있다. 바람에 나뭇잎이 흔들리는 소리, 걸음을 뗄 때마다 낙엽이 바스락대는 소리, "후" 하고 내뱉는 나의 숨소리.
고요함 속으로 들어갈수록 산 아래의 일들과 점점 멀어진다. 머릿속의 잡다한 것들이 사라진다. 마침내 나는 텅 비어버린다.

자연은 그 위대한 힘으로 바위를 깎는다. 한낱 인간에게 일어나는 일이 대단해봐야 얼마나 대단하랴. 산비탈을 오르는 걸음걸음마다 나는 한껏 가벼워진다. 세상의 근심은 아무것도 아니다. 나마저도 아무것도 아니다.

지금 나는 공작산의 신비와 고요를 가르며 걷고 있지 않은가.

심장이 뛰고 두 발을 번갈아 단단하게 내딛고 있지 않은가.

5장 · 농부, 비누, 해피콜 라이프

날마다
바람이 되는 신비

아침의 공작산은 보통 안개에 잠겨 있다. 앞이 탁 트인 바위 위에서 바라보는 전경은 어디에 내놔도 빠지지 않을 정도로 빼어나다. 물론 매일 만날 수 있는 풍경은 아니다. 황홀한 산의 자태는 운이 아주 좋은 날에만 만날 수 있다. 그렇지 않은 날에는 안개가 포근한 솜이불처럼 산등성이를 골고루 덮어준다. 그 모습은 그 모습대로 운치 있다. 마치 구름 위에 올라앉은 것 같다.

인적 없는 새벽, 사람의 발길이 닿지 않을 곳에 올라 숨을 한 번 고른다. 입고 있는 옷을 홀홀 벗는다. 풍욕을 하기 위해서다. 나는 매일 바람으로 몸을 씻는다. 목욕할 때 옷을 벗어야 하듯 풍욕할 때도 맨몸이어야 한다. 살을 에는 한겨울 추위에도 풍욕을 거르는 법은 없다. 처음에는 고행이었으나 5년이 지난 지금은 매일의 즐거움이다.
벗은 채로 앉아 복식호흡을 하고 스트레칭으로 굳은 몸을 풀어준다. 그러고는 한참을 멍하니 앉아 있는다. 머릿속으로 바람이 들고, 온몸을 바람이 감싼다. 세포 하나하나를 바람이 다 열어놓는 기분이다. 그렇게 열려진 곳으로 바람이 지나가도록 두고, 구름이 흘러가도록

둔다. 맨몸으로 공작산의 시간과 공간을 온전하게 품어낸다. 모든 감각도 살아난다. 잘 벼린 칼날처럼 날카로워지는 순간에는 새벽 한기도 잊는다.

풍욕은 물아일체의 경험과도 같다. 매일 아침 의식처럼 하고 있으니 그런 의식을 행할 때는 몸도 마음도 한없이 가벼워진다.

가끔 나는 그냥 바람이 되어버린다.

223

멋진
신세계

소설가 올더스 헉슬리Aldous Huxley의 대표작 ≪멋진 신세계≫에는 가짜 행복에 빠진 사람들이 등장한다. 미래 사회의 사람들은 마음으로 행복을 느끼는 대신, 외부에서 행복을 찾다가 '소마'라는 이름의 약을 먹는다. 약을 먹으면 쉽게 행복한 감정에 빠지고 온순해지면서 누군가의 통제에도 손쉽게 따르게 된다.

나는 문득문득 우리가 이미 그런 세상에 살고 있지나 않은지 생각할 때가 있다. 강박적으로 소비에 집착하거나, 잘못된 종교에 빠져 헤어나지 못하는 사람들은 가짜 행복으로 진짜 행복을 대체하려는 것이다. 그런 이들을 생각하면 마음이 서늘해진다.

나는 행복의 조건이라 믿은 모든 것을 도시에 두고 산으로 왔다. 좀 더 정확히 말하면 내가 생각하는 행복의 모든 기준이 도시에 있었다. 도시에서 행복해야 한다고 스스로를 다그쳤다. 그런 삶의 방식이 곧 불행의 현장이라는 걸 깨닫지 못한 채 말이다.

어린 시절, 네잎클로버를 찾으려고 들에서 한나절을 보내곤 했다. 꽃

말이 '행운'인 네잎클로버만 찾으면 금방이라도 행운이 따라올 줄 알았다. 아이가 상상할 수 있는 작고 소박한 욕심이었다. 그러는 사이 세잎클로버들은 발아래서 뭉개졌다. 그때는 잎이 세 개인 클로버에는 눈길조차 주지 않았다. 천지사방에 널린 게 세잎클로버였으니까. 세잎클로버의 꽃말이 '행복'이라는 사실은 공작산 농부가 된 후에 알았다. 행운 하나를 찾으려고 수많은 행복을 밟고 뭉개던 어린 시절이 떠올랐다.

우리는 살아가면서 만나는 아주 작은 풍경에도 행복할 수 있다. 사소한 일에도 얼마든지 크게 웃을 수 있다. 하지만 그런 소박한 기쁨은 작다는 이유로 쉽게 밟히고 뭉개진다. 저 먼 곳에 더 큰 행복이 있을 거라 생각하기 때문이다. 지금 여기에 없는 네잎클로버를 찾으려고 손이 닿지 않는 무지개만 잡으려고 하기 때문이다.

아주 오랫동안 우리 가족은 남편이라는 존재, 아버지라는 존재를 포기한 채 살았다. 나는 아이들과 함께 웃고, 아내와 함께 소소한 재미를 느끼는 삶을 툭하면 건너뛰곤 했다. 나중에 얼마든지 할 수 있을 거라고 생각했다. 바쁜 회사 일만 끝내면, 지금보다 조금만 더 높이 올라가면, 더 많이 벌면, 그러면 가족과 함께 여유롭게 즐길 수 있을 거라고 생각했다.

225

당연하게 미루는 일은 당연하게 되돌아오지 않는다. 어느 날 돌아보니 아이들은 다 자랐고, 아내는 나이 들어 있었다. 그때의 공허함은 말로 표현할 수 없었다. 우리는 당연히 건강하게 살아야 하고, 당연히 가족과 더불어 행복해야 한다.

그 당연한 일들은 날마다 애써야 자기 삶의 일부가 된다.

돌볼 수 없다면
가난한 것이다

초등학교를 졸업할 때까지 우리 집은 칫솔과 치약이 뭔지 모르고 살았다. 살 수가 없으니 더욱 그랬다. 불과 몇십 년 전만 해도 여느 산골 마을의 가난은 그 정도였다. 치약이 없으니 손가락에 소금을 묻혀 이를 닦기도 하고 볏짚으로 닦기도 했다. 치아 상태는 당연히 엉망이었다. 중학교에 진학하자 충치가 엄청나게 생겼고, 고등학교 때는 이가 아파 뜬눈으로 밤을 새우는 일이 허다했다. 흔히 그렇듯 민간요법이 총동원됐다. 어머니는 아주까리를 불에 구워 충치에 넣어주었다. 나을 리가 없었다. 신문지를 태워 생긴 기름을 솜에 묻히곤 '빵꾸' 난 이에 넣기도 했다. 역시 상태만 악화될 뿐이었다. 겨울에는 얼음을 머금어 아픈 신경을 누그러뜨리기도 했다. 치과 치료를 받는 건 언감생심이었다. 시절이 그렇기도 했고, 무엇보다 우리 집 형편이 그랬다. 결국 제대한 뒤, 반 이상 이를 새로 갈아 넣어야 했다. 돈도 돈이지만, 고통에 비할 바가 아니었다.

나는 그때 해 넣은 이를 아직까지 별 탈 없이 관리하고 있다. 그 과정에서 병은 키우면 안 된다는 것, 한번 망가진 것은 완전히 회복되지도 않을뿐더러 다시 살려내기 위해선 더 오랜 시간 공들여야 한다는 걸 뼈저리게 느꼈다. 가장 비싼 편에 속하는 고통을 수업료로 치른 게 이유였을까, 아이들이 어릴 때부터 다른 건 빼먹어도 이를 닦고 치아를 관리하는 건 전적으로 내 몫이었다. 흔한 말로 닦고 조이고 기름치듯 꼼꼼하게 관리한 덕분에 두 녀석 모두 대학 졸업 때까지 충치 하나 없는 건치를 자랑했다.

공작산에 들어온 후부터 나는 내 몸을 건강하게 돌보고 삶을 회복하는 중이다. 공작산 이전 삶에 비하면 육체적으로, 정신적으로 비교할 수 없이 나아졌다. 물론 100% 완벽하다는 건 아니다. 상처가 깊은 나무는 건강을 회복한 후에도 그 상처를 지니고 자란다. 사람 역시 마찬가지다. 인간은 아무리 건강을 돌보며 살아도 결국에는 쇠락을 향해 나아간다. 불완전한 몸으로 불완전하게 살아가는 존재라는 걸 부정할 순 없다. 그러니 상처가 있다면 깊어지기 전에 돌봐야 한다. 무엇보다 안타까운 건 요즘 사람들에게서 자주 확인하게 되는 분노와 불만이다. 그들에겐 삶에 대한 긍정, 자기 인생에 대한 환호가 없다. 내가 생각하는 가장 이상적 삶은, 살면서 얻는 작은 상처 정도는 평소에 회복해놓은 면역력으로 저절로 낫게 하는 것이다. 자기 삶에 환호하지 않고, 자기 삶을 긍정하지 않고, 곁에 있는 사람의 삶을 환대하지 않으면 그런 회복은 불가능하다.

나의
가장 든든한 백

공작산에는 '독수리 5형제'가 산다. 물론 어릴 적 즐겨 본 만화영화의 주인공을 말하는 건 아니다. 공작산에 들어온 뒤 차례차례 합류한 우리 형제를 이르는 말이다. 두 살 터울인 다섯 형제는 어린 시절, 사내 녀석들이 그렇듯 자주 다투고 엉키며 살았다. 하지만 제각각 생활 전선에서 각자도생의 길을 걷기 시작한 후론 늘 의지하고 응원하며 살아왔다. 좋은 일은 몇 배로 즐기고, 힘든 일은 몇 배로 나눴다. 다섯 형제인 만큼 삶의 고비 역시 다섯 제곱만큼 있 었지만, 똘똘 뭉친 형제들에겐 어렵지 않은 높이의 허들이었다.

5형제 중 셋째인 내가 공작산에 들어온 뒤 제일 먼저 합류한 사람은 둘째 형님인 이현학이었다. 당시 형님은 교통사고 후유증으로 몸이 안 좋아 더더욱 회복이 필요한 상태였다. 뒤를 이은 건 막냇동생 이덕 삼이었고, 그다음은 넷째 이태현이었다. 큰형님 이현소는 완전하게 합류한 건 아니지만, 수시로 동생들을 보기 위해 공작산을 찾는다. 공작산에서 독수리 4형제는 함께 산에 오르고, 함께 일하고, 함께 씻 고, 함께 웃고, 함께 먹고, 함께 마시고, 함께 논다. 내 인생에서 가장

229

잘한 것 중 하나로 꼽는 일이다. 나를 가장 잘 이해하고 힘이 되어주는 존재가 형제라는 걸 공작산에서는 수시로 느낀다. 그들과 함께라면 두려울 게 없다.

내게 형제들은 때론 친구이고, 때론 이웃이며, 때론 동지이고, 때론 후원자이며, 때론 부모다. 어렵게 말할 필요가 있을까. 내게 형제들은 가장 든든한 백이다.

아내의
공작산

아내의 입장에서 공작산 생활을 상상해본 일이 있다. 어디가 아픈지 원인을 알 수 없어 치료도 제대로 할 수 없는 남편이 일을 그만두었다. 남편은 마음 붙일 곳이 산밖에 없다며 자꾸 이 산 저 산을 눈에 들이는 탓에 도시락 싸 들고 쫓아다니는 수밖에 없었다. 보통은 남편이 퇴직하면 아내는 끼니만 준비해놓고 친구도 만나고, 쇼핑도 하고, 여행도 다닌다고 하던데, 아픈 남편을 홀로 둘 수 없던 나의 아내는 늘 보호자 노릇을 겸해야 했다.

그러던 어느 날, 집수리는커녕 봄이 오려면 한참 먼 강원도 산골로 들어가 살자는 남편을 보면서 아내는 얼마나 기가 막혔을까. 마음 놓고 물을 쓸 수도 없고, 전기를 편하게 쓸 수도 없고, 찬거리라도 사려면 비포장도로를 30분 이상 달려야 하는 산골 생활을 아내는 오롯이 감내해야 했다. 아침에 눈뜰 때부터 밤에 잠자리에 들 때까지 매 순간 사람 손이 닿지 않고는 해결할 수 없는 일투성이인 곳에서.
그뿐만이 아니었다. 남편의 건강과 안부를 걱정하는 숱한 손님을 시도 때도 없이 맞아야 했다. 몸이 아픈 형님까지 함께 살던 때였다. 남

231

편의 건강을 걱정해 찾아온 손님들은 내친김에 며칠씩 쉬어 가기도 했다. 그 와중에도 아내는 손님들이 불편해할까 세심하게 이부자리를 신경 쓰고, 식사 대접에 정성을 다했다.

공작산을 찾은 모든 이가 몸과 마음을 회복하는 동안, 이번에는 아내가 아프기 시작했다. 고통스러운 시간을 묵묵히 감내해온 몸에 이상이 생긴 것이다. 간단한 몸살이 아니라 요양이 필요한 수준이었다.

나는 정말 늦되는 사람이다. 몸이 망가질 대로 망가진 뒤에야 삶의 방향이 잘못됐다는 걸 알았다. 그렇게 망가진 삶을 돌보느라 아내가 기진맥진 허물어진 뒤에야 함께 행복하지 못하다는 사실을 알아차렸다. 아내가 나를 돌보듯, 나 역시 아내를 돌봐야 하는 사람이다.

나는 공작산이 나의 공작산인 동시에 아내의 공작산이어야만 한다는 사실을 뒤늦게 깨달았다. 이곳에서 '우리'가 함께 낫지 않는다면 아무도 낫지 못하리라는 것도 깨달았다.

나의 '웃는' 아내
김진숙

어느 날부터 나는 아내만 보면 웃음을 지었다. 아내를 위해 내가 할 수 있는 일이 무엇일까 생각해보았다. 해피콜을 그만두던 순간 내게 필요했던 것은 더 많은 매각 금액 따위가 아니었다. 마찬가지로 아내에게 필요한 것 역시 마음의 위안이었을 것이다.

나는 그저 웃기로 작정했다. 공작산에 들어와 자연의 좋은 걸 누리고 살면서도 우리 둘 사이에는 웃음이 희석되고 있었다. 그건 내가 그리던 그림이 아니었다. 자연이 사람을 웃게 만드는 것 말고도 사람이 사람 때문에 웃을 수 있어야 하는데, 공작산 생활을 시작했을 때 우리에겐 그게 없었다.

그래서 아내만 보면 나는 애써 웃었다. 볼 때마다 웃었다. 자다가 일어나서 얼굴만 봐도 웃고, 차를 타고 가다 눈이 마주치면 웃고, 밥을 먹다가 고개를 들어 웃었다. 아내와 눈을 마주치는 일이 열 번이면 열 번을 웃고, 백 번이면 백 번을 웃었다.

"왜 그렇게 실없이 웃어요?"

아내가 의아한 눈빛으로 나를 바라보며 말했다. 대답 대신, 눈만 마

233

주치면 계속 웃었다. 몇 달을 그렇게 했더니, 무표정이던 아내가 따라 웃기 시작했다. 나의 웃음은 자연스러워졌고, 아내는 그런 웃음에 익숙해졌다. 마음이 통한 것이다.

나를 향한 아내의 웃음은 천진난만하고 티 없이 맑고 깨끗했다. 아내는 원래부터 웃지 않던 사람이 아니라, 나 때문에 오랫동안 웃음을 잊고 산 사람이다. 웃음의 상실에 익숙해졌던 것이다. 나는 가족의 행복을 위해 열심히 일하고 있다는 핑계로 가족과 함께 행복한 일을 도모해본 적이 없었다. 아내의 얼굴에서 웃음이 사라져가는 걸 눈치채지 못했다. 사람들은 그런 식으로 점점 불행해진다.

아내와 나의 웃음은 우리의 행복을 회복하는 데 결정적 역할을 했다. 지금 공작산에서 가장 많이 웃는 사람은 아내다. 아내의 웃음이 공작산의 생활을 행복한 삶으로 만들고 있다. 웃음에는 총량이 없다. 많이 웃을수록 웃을 일은 더 많아진다. 무한의 행복은 무한의 웃음에서 태어난다.

나는 공작산에서 형제들과 함께 모여 살 줄은 몰랐다. 그랬으면 좋겠다고 막연히 생각만 했을 뿐이다. 그런 형제들과 가족 공동체를 이루고 살게 된 데에는 아내의 공이 제일 컸다. 가끔 형제들이 놀러 올 때면 아내는 그들을 한없이 편안하게 대해주었다. 그렇게 모여 웃고, 떠들고, 먹고, 마시고, 위안하는 시간을 많이 보낸 기억이야말로 형제들을 이곳에 오게 만든 결정적 이유였다고 생각한다.

우리의 가족 공동체는 결국 아내의 웃음에서 시작되었다. '웃음의 전염성'이나 '해피 바이러스'는 너무 흔한 관용구지만 결코 허투루 쓰이는 말이 아니라는 걸 웃기로 작정하면서, 아내와 함께 웃기 시작하면서 체감했다.

'멋진 신세계', 이것은 웃음의 세계에서 세워진다.

나의 아내 김진숙은 이제 그 멋진 신세계의 진짜 주인이라 할 만하다.

나는 다시 태어난다고 해도 멋지고 사랑스러운 그녀와 함께 딱 이만큼의 신세계를 짓겠다.

더 이상 나는 해피콜 주문 전화를 기다리진 않지만, 그 대신 인생을 행복하게 만들어주는 모든 부름에 귀를 열어두고 있다.

농부農夫 하는 중입니다

1판 1쇄 인쇄	2021년 5월 25일
1판 1쇄 발행	2021년 5월 26일

지은이	이현삼
펴낸이	이영혜
펴낸곳	(주)디자인하우스

기획	〈행복이 가득한 집〉
편집장	구선숙
아트디렉팅	김홍숙
영업	문상식, 소은주
제작	정현석, 민나영
미디어사업부문장	김은령

구술정리	오몽
디자인	이선정

출판등록	1977년 8월 19일 제2-208호
주소	서울시 중구 동호로 272
대표전화	02-2275-6151
영업부직통	02-2263-6900
홈페이지	designhouse.co.kr

ⓒ 이현삼, 2021
ISBN   978-89-7041-746-2 03800

디자인하우스는 독자 여러분의 소중한 아이디어와 원고 투고를 기다리고 있습니다.
원고가 있으신 분은 dhbooks@design.co.kr로 기획 의도와 개요, 연락처 등을 보내주세요.